서툰 말

서툰 말

강백수
산 문

책을 내면서

몇 달 전 대학원 회식 자리.
지도교수이신 유성호 선생님께서 말씀하셨다.
"민구는 글은 리얼리즘인데, 사람은 휴머니스트지."

애정 어린 눈길로 나의 주변을 이 책에 베꼈다.

하늘로 이 책을 보내
내가 얼마나 잘 지내고 있는지
어머니께 알리고 싶다.

2014년 봄
누군가의 백수,
누군가의 민구.

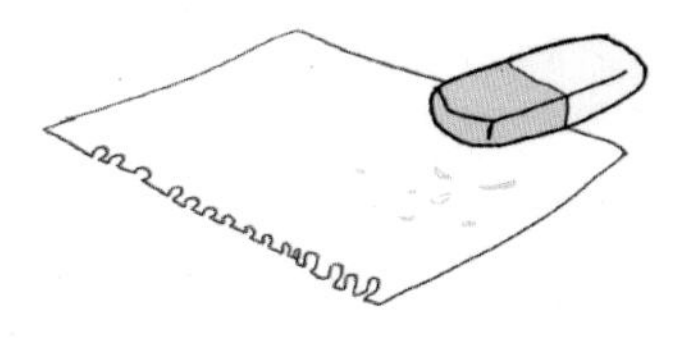

차례

위로는 됐어요

나는 괜찮다는데 자꾸 위로하려는 사람들이 있다.
잘 지내고 있다고 말해도 자꾸 걱정스런 눈으로 나를 보는 사람들이 있다.
이상하다. 나 진짜로 잘 지내고 있는데.

굳이 꿈꾸지 않아도

커다란 꿈이나 야망 같은 게 있으면 좋겠다고 생각해서
가짜 꿈, 가짜 야망을 지어내서 떠들고 다니던 시절이 있었다.
자꾸만 큰 꿈을 가져야 한다는 어른들 때문에 본의 아니게
거짓말쟁이가 되어 버렸잖아.

그런 거 없더라

수업시간에 유성호 교수님께서 말씀하셨다.
우리는 '앎'이라는 상태가 있다고 착각하며 공부를 하지만,
공부할수록 그런 게 없다는 사실을 깨닫게 된다고.
온갖 경험과 고민 속에 살아도 나는 어른이 되지 못할 거다.

당신의 시

굳이 애쓰지 않아도
평범한 하루는 시적인 순간들로 채워지고 있다.

위로는 됐어요

나는 괜찮다는데 자꾸 위로하려는 사람들이 있다.
잘 지내고 있다고 말해도 자꾸 걱정스런 눈으로 나를 보는 사람들이 있다.
이상하다. 나 진짜로 잘 지내고 있는데.

두 남자의 따뜻한 침묵

평일 오후, 단둘이 집에 있는 부자의 모습은 얼마나 애처로운가. 좌절을 경험한 사업가 아버지와 성공이 멀기만 한 딴따라 아들은 서로가 그저 민망하다. 그것은 바로 한 해 전 우리 집의 풍경이다.

우리 집 식구는 다섯. 얼마 전까지만 해도 아파트 노인 회장이었던 할머니, 휴학하고 회사에 다니던 여동생, 사업이 잘되지 않아 집에서 쉬시던 아버지, 음악을 한다고는 해도 별다른 일정이 없던 나, 그리고 나이 든 개 삼돌이. 동생이 출근하고 할머니가 놀러 나가시면 삼돌이를 제외한 두 남자의 민망한 시간이 시작된다.

늦은 아침을 차려 먹고 아버지는 야구 하이라이트를 보신다. 나도 야구 하이라이트를 좋아하지만, 그냥 방에 들어가 문을 닫고 영화를 보거나 기타를 친다. 집 전화가 울리면 아버지와 나는 서로 눈치를 보다 결국, 누구도 전화를 받지 않는다. 아버지도 나도 둘 다 이 시간에 집에 있을 나이가 아니라는 걸 안다. 이십 대가 절반 이상 지나간 나는 물론이고 아직 오십 대인 아버지도 한창 일을 하고 있어야 할 나이니까. 그러나 우리는 서로에 대해 불평하지 않았다. 아버지는 단 한 번도 내가 음악 하는 것을 반대한 적이 없었고 나에 대한 기대와 믿음을 거둔 적이 없다. 나 역시 아버지가 얼마를 벌건 어떤 일을 하시건 아버지를 존경하지 않은 적이 없다. 다만 서로 안쓰러웠고 또 미안했다.

아버지는 텔레비전에서 유명 음악가들이 나오면 나를 불러내서 "너도 저런 거 좀 해 보면 좋겠다."는 식의 이야기를 하시곤 했다. 나는 아버지와 뉴스를 보다가 부동산 얘기가 나오면 "옛날에 아버지 잘 버실 때 저런 데 땅이나 좀 사 두셨으면 지금 훨씬 편하셨을 텐데요."와 같은 농담을 던지기도 했다.

아버지와 아들 사이라는 게 그렇다. 세상에서 가장 가깝지만 먼 관계. 세상 그 누구보다 멋있는 모습만 보여주고 싶은 관계가 아닌가. 없는 일정을 만들었다. 책을 몇 권 챙겨 집 근처 카페에 가서 몇 시간이고 죽치고 읽었다. 아버지도 가끔 약속이 있다며 외출을 하셨지만, 정말 약속이 있었는지 애써 약속을 만드신 건지 알 도리는 없었다.

그때 가장 많이 생각났던 사람은 고등학교 때 돌아가신 우리 어머니. 어머니가 계셨다면 우리는 지금과 많이 달랐을 텐데. 내게 큰 기대를 품었던 어머니가 계셨다면 어쩌면 나는 이렇게 허송세월하는 나이롱 음악가가 되지 않았을지도 모른다. 아버지가 집에서 노시더라도 저토록 처량하지는 않았을 거다. 어쨌거나 어머니는 안 계시고.

아버지께 좀 더 다정해지고 싶은데, 밖에서 만나는 여자들한테는 그렇게 살갑게 대하면서도 왜 아버지께는 안 될까. 밥상머리에서 대화를 나눠봐야 정치나 야구 얘기 밖에 할 줄 모르니, 표현이 서툰 부자가 할 수 있는 일은 그저 서로 믿는 것뿐이었다. 응원의 말 같은 걸 건넬 용기는 없었으니 서로 그저 묵묵히 응원할 수밖에.

시간이 흘러 나는 새 앨범을 내게 되었다. 타이틀 곡은 우리 부자의 힘든 시간을 담은 노래 〈타임머신〉. 덕분에 나는 평일 오후를 더는 집에서 보내지 않았다. 불안정하지만 나를 불러주는 무대도 빈번하게 생겼다. 독립도 했다. 아버지는 이제 거실에서 웅크리고 주무시지 않는다.

〈타임머신〉이 담긴 앨범을 아버지께 드렸지만 직접 노래를 틀어드리지 못했다. 그래서 노래에 대한 어떤 감상도 듣지 못했다. 다만 CD를 드린 다음 날 아침상에 아버지가 직접 끓인 된장찌개와 정성스레 구워낸 고등어 한 마리가 올라 왔다. 나는 그것을 내 노래에 대한 아버지의 답으로 여기고 있다.

아버지는 여전히 고전하고 계신다. 그래도 이제는 내가 잘하고 있다고 말씀드리면 뿌듯해하신다. 강연하러 다닌다는 이야기를 했을 때, 책을 출판하게 되었다고 자랑했을 때, 생신 날 용돈을 드렸을 때, 별 말씀은 없었어도 기뻐하는 기색이 확연했다. 아버지 당신의 힘만으로 자신을 일으키는 게 아니었다. 내가 일어나 달리는 모습을 보여드리는 것만으로도 아버지는 지금보다 훨씬 덜 안쓰러울 수 있다.

여전히 다른 집 아들들보다 해 드릴 수 있는 게 부족해 죄송스럽다. 그러나 조금씩 그 죄송함을 만회할 수 있는 실마리를 찾아가고 있다. 열심히 사는 모습을 보여드리는 것만으로도 아버지께는 큰 위안이 된다는 걸 알았다. 그러면서 가끔이라도 살가운 표현을 해 드려야겠다고 매번 다짐한다.

얼마 전 아버지가 소주를 사 주시면서 말씀하셨다. "아부지가 너 대신 무슨 힘든 일이든지 다 해 줄 수 있지만, 너 대신 건강해 줄 순 없잖아. 몸 잘 챙겨라 민구야."

이런 아버지의 따뜻한 마음이 나를 지탱하는 버팀목이다. 이제는 내가 든든한 아들로서 같은 역할을 해 드릴 차례다.

아버지와 나는 등을 맞대고 서 있는 게 아닌가 하는 생각이 든다. 넘어지지 않도록, 서로 등으로 지탱해 주며.

어느 날 타임머신이 발명된다면 1991년으로 날아가
한창 잘 나가던 삼십 대의 우리 아버지를 만나
이 말만은 전할거야
아버지 육년 후에 우리나라 망해요
사업만 너무 열심히 하지 마요
차라리 잠실 쪽에 아파트나 판교 쪽에 땅을 사요
이 말만은 전할거야
2013년에 육십을 바라보는 아버지는
너무 힘들어 하고 있죠
남들처럼 용돈 한 푼 못 드리는 아들놈은
힘내시란 말도 못해요 제발 저를 너무 믿고 살지 말아요
학교 때 공부는 좀 잘하겠지만
전 결국 아무짝에 쓸모없는 딴따라가 될 거에요
못난 아들 용서하세요

어느 날 타임머신이 발명된다면 1999년으로 날아가
아직 건강하던 삼십 대의 우리 엄마를 만나
이 말만은 전할거야 엄마 우리 걱정만 하고 살지 말고
엄마도 몸 좀 챙기면서 살아요
병원도 좀 자주 가고 맛있는 것도 사 먹고
이 말만은 전할거야
2004년도에 엄마를 떠나보낸 우리들은
엄마가 너무 그리워요
엄마가 좋아하던 오뎅이나 쫄면을 먹을 때마다
내 가슴은 무너져요
제발 저를 너무 믿고 살지 말아요 학교 때 공부는
좀 잘하겠지만 전 결국 아무짝에 쓸모없는
딴따라가 될 거에요 못난 아들 용서하세요

타임머신을 타고 옛날로 돌아가
엄마를 만날 수는 없겠지만
지금도 거실에서 웅크린 채 새우잠을 주무시는
아버지께 잘 해야지

〈타임머신〉

복권에 당첨된 날

지난해 송년 모임에서 지영 누나가 선물해 준 연금 복권이 천 원에 당첨됐다. 작은 종이 하나에 적어도 세 번은 행복했던 것 같다. 당첨되면 뭐할지 말할 때, 당첨 확인하려고 초록 검색창에 '연금 복권 78회'라는 글자를 입력할 때, 깜찍하게도 천 원짜리에 당첨된 걸 알았을 때.

사는 게 딱 그 정도면 적당한 것 같다. 꼭 간절한 무언가가 아니라 재미삼아 장밋빛 미래를 상상해보고, 설레는 맘으로 뚜껑을 열었을 때 잭팟이 터지지 않더라도 낙담하지 않고, 피식 웃을 수만 있으면 된 거 아닌가. 그러다 어느 날 내가 감당할 수 있는 정도의 행운만 날아와 줘도 고마운 일이지.

오늘 하루도 그렇다. 대단한 일은 없었다. 새벽에 좋아하는 형을 만나 간단하게 술 몇 잔 걸치고 선지 해장국 한 그릇에 진솔한 얘기를 나눴다. 정오쯤 잠에서 깨어 밥상에 앉으니 할머니가 끓여 주신 된장찌개에 바지락이 푸짐하게 들어 있었다. 며칠째 읽던 책의 마지막 장을 읽었고, 새로 꺼내 읽기 시작한 『호밀밭의 파수꾼』도 생각보다 잘 읽혔다. 저녁에는 좋아하는 사람을 만나 빈둥빈둥 피자 한 판을 먹었고 천 원짜리 커피를 마셨다.

항상 오늘 하루가 판타스틱하기를 바라지만, 언제나 딱 이만큼의 나날들이다. 어느 날 정말로 판타스틱한 날이 도래하면 당연히 좋겠지만, 그 전까지는 딱 이만큼만 하루하루 즐겁게 지내면 충분한 거다.

내일은 천 원에 당첨된 복권을 바꾸러 가야지.

저들은 저들이 하는 일을 모르나이다

웃으면서 말할 수 있기까지 오래 걸리는 기억이 있다. 기억을 끄집어내 이야기하는 것만으로도 감정이 되살아나, 다시 보고 싶지 않은 그때 장면이 고스란히 펼쳐지는 기억들 말이다. 내 경우엔 중학교 시절이 그렇다. 남자 중학교에는 인도의 카스트제도와 비슷한 계급 같은 것이 존재하는데, 내 의지와 무관하게 나는 최하위 계층이었다. 쉽게 말하자면 왕따였다.

키가 작고 뚱뚱했던 게 주된 이유였다. 그래도 키 작고 뚱뚱한 모든 아이가 왕따를 당하진 않았을 테니 내게도 잘못한 부분이 있었을 거다. 어릴 적 나는 마마보이였다. 엄마는 늘 나에게 '잘한다'는 칭찬으로 기를 살려 주셨다. 그래서인지 나는 내가 무척 잘 난 줄 알았다. 자기중심적인 면이 있었다. 공부를 잘한다는 이유로 좀 거

만했다. 경쟁을 즐겼고 자존심이 강해서 한마디도 지기 싫어했다. 말로 남을 이겨 먹으려 할 때가 많았다. 한마디로 굉장히 재수 없는 아이였을 거다. 그렇지만 우리에게 타인을 싫어할 권리는 있을지언정, 언어적 · 물리적 폭력을 휘둘러 그들의 생활 전반을 망가뜨릴 권리는 없다.

학교 폭력으로 인해 자살한 아이의 기사가 나오면 사람들의 댓글 중에 이런 타박을 쉽게 발견할 수 있다. '왜 혼자만 끙끙 앓다 미련하게 갔느냐' '왜 적극적으로 벗어나려고 노력하지 않았느냐'하는. 나는 그 아이들이 느꼈을 공포와 그래서 선택해야 했던 침묵을 이해한다. 10년이 지난 지금까지도 떠올리기조차 무서운 기억이니 말이다.

이문열의 소설『우리들의 일그러진 영웅』에 나오는 주인공 한병태는 서울에서 전학 온 학생으로, 학급의 급장이자 절대 권력자인 엄석대에게 괴롭힘을 당한다. 처음에는 저항도 했지만 그의 적은 엄석대 개인이 아니었다. 엄석대를 둘러싼 권력 구조가 그를 위협했다. 결국, 한병태는 굴종을 택하고 비로소 권력의 폭압에서 벗어났다. 나 역시 그랬다. 처음에는 저항했다. 나를 직접 괴롭히지 않았던 아이들은 대부분 침묵했다. 때론 그 괴롭힘에 동참했다. 조금이라도 권력에 대항하면 그 칼날이 자신을 향할지도 모른다는 공포가 그들을 압박했을 것이다. 그래서 나는 야속했지만 이해도 됐다.

빵 심부름을 시켰다. 이유 없이 뒤통수를 때렸다. 얼굴 생김새가 마음에 안 든다며 얼굴을 때렸다. 커닝에 가담하게 했다. 담배 살 때 망을 보라고 했다. 펜을 빌려주고는 도둑놈으로 몰았다. 화장실에 눕혀 놓고 때렸다. 엄마가 싸 준 도시락을 빼앗아 먹었다. 부모님 욕을 했다. 고개를 들지 못하게 했다. 죽고 싶게 했다. 죽고 싶었던 것보다 더 끔찍했던 건 죽이고 싶었던 증오다. 날카로운 걸 볼 때마다 참기 어려운 충동에 휩싸였다. 그러나 내가 할 수 있는 건 침묵과 복종뿐이었다. 굴욕감은 오래가지 않았고 맞지 않고 넘어가는 날에 대한 안도감이 있을 뿐이었다.

엄마에게 이야기하지 않은 이유는, 미안했기 때문이다. 나는 얼마나 소중하고 자랑스러운 엄마의 아들인가. 그런 아들이 급우들의 괴롭힘에 시달린다는 걸 알면 얼마나 속상할까. 이런 생각이 들었다. 선생님에게도 알릴 수 없었다. 최후의 수단인 고자질마저 통하지 않는다면 더 이상 도망칠 곳이 없었다. 어떻게든 스스로 해결하려고 했지만, 그것은 나 개인의 힘으로 해결할 수 있는 문제가 아니었다. 다만 적당히, 무사히 이 지긋지긋한 중학교 생활이 끝나기만을 숨죽여 기다렸다.

중학교를 졸업하고 고등학교에 올라가서야 나는 비로소 그 고통에서 벗어날 수 있었다. 우리 중학교에서 우리 고등학교로 30퍼센트 정도밖에 진학하지 않았다. 나를 아는 아이들이 적어서 아예 새로운 성격을 연기하는 게 가능했다. 일부러 공부를 안 하는 척 했고 더 까불었다. 욕을 많이 했고, 여자를 좋아하는 척 했고, 호전적인 척 했다. 때마침 키도 쑥쑥 컸다. 무엇보다 세상에 둘도 없는 친구들을 그때 만난 터라, 중학교 시절을 기억하는 아이들도 섣불리 나를 건드리지 못했다. 이제는 내가 연기했던 외향적인 성격이 내 것이 되었다. 다행히도 나는 여러 가지 상황이 맞아떨어져 왕따의 굴레에서 해방됐지만, 많은 아이가 악순환의 고리를 쉽사리 끊어내지 못한다.

나를 괴롭혔던 그들이나 수많은 왕따 가해자들이 이 글을 읽는다 해도, 이것이 자신들을 향한 이야기인 걸 모를 가능성이 크다. 그만큼 그들에게는 아무 일도 아니었을 테니. '주여, 저들은 저들이 하는 일을 모르나이다.'라는 성경 구절처럼, 그들은 자신들이 하는 일을 모른다. 그리고 여전히 어디선가 아이들이 죽는다. 생물학적 죽음이 아니더라도 그들의 영혼이 죽는다. 저들이 하는 일도 모르는 멍청한 자들이, 되려 그 가엾은 아이들을 멍청하다고 비난한다.

한때는 내가 잘돼서 날 괴롭혔던 녀석들에게 그 고통을 조금이라도 되갚고 싶었다. 유명한 사람이 돼서 그들 이름을 하나하나 다 폭로해버릴까 생각하기도 했다. 하지만 그건 내 상처에 비하면 너무 나 미미한 복수다. 그렇다고 내 칠흑 같았던 어린 시절을 위로 받는 것도 아니다. 다 부질없는 짓이다.

지금 내가 할 수 있는 일은 폭력이 얼마나 가혹한 일인지를 알리는 것뿐이다. 나를 괴롭혔던 그들도, 지금 이 순간 누군가를 괴롭히는 어떤 이들도, 스스로의 죄책감으로 단죄되어야 한다고 생각한다. 자신들이 행한 일이 얼마나, 얼마나 잔인한 일인지 뒤늦게라도 반드시 알아야 한다. 설령 피해자에게 문제가 있다 하더라도 그들이 받는 고통의 양은 절대로 그에 합당하지 않다. 더군다나 그들을 괴롭히는 이들은 어떤 방식으로건 그 문제들을 단죄할 자격을 부여받은 적이 없다.

어린 시절의 나와 같은 아픔을 겪고 있는 아이들이 그 고통의 시간을 당연한 것으로 받아들이지 않았으면 좋겠다. 벗어날 수 없다며 체념하지 않았으면 좋겠다. 힘든 상황이 반복되면 어느 순간 그들을 괴롭혀 온 일들마저 '늘 그랬던 것'으로 받아들이려 할지도 모른다. 행여 그것에 익숙해진다 하더라도, 아이들 가슴에 지우기 힘든 상처가 하루하루 쌓여 가고 있다는 사실에는 변함이 없다.

아플 때 소리를 지르는 것은 본능인 동시에 우리를 지켜내는 가장 기본적인 방어 수단이다. 지금의 괴로움에서 벗어나려면 더 힘껏 소리를 내질러야 한다. 우리 주변에 누군가 단 한 명이라도 그 소리에 귀 기울여 줄 이가 있을 것이다. 정말 주위에 아무도 없다면 나라도 그런 이가 되어주고 싶다.

그 옛날 나를 괴롭히던 아이들에게 앙갚음해 주고 싶었던 그 마음을 오늘도 지옥 속에서 하루를 보냈을 아이들의 평화와 맞바꾸고 싶다. 약한 아이들이 내일은 자신의 용기와 타인의 관심을 만나 안도할 수 있다면, 지옥을 만든 이들이 자신이 무슨 일을 한 것인지 깨닫고 참회할 수 있다면…… 나는 더 이상 누구도 미워하지 않겠다.

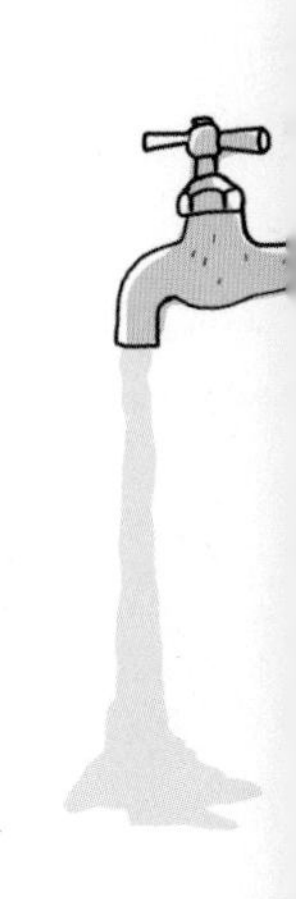

칠 교시 종이 울리면 눈앞이 깜깜해져
모두가 웃으며 가방을 싸는데
나는 고갤 숙인 채 화장실로 가야 해
그곳엔 너희가 기다리고 있어

언제부터였을까 익숙해져 버렸어
발버둥 쳐 봐야 나만 더 아픈 걸
빵을 사다 주어도 시험질 보여줘도 잔인한 일상은
끝나지 않았어

공처럼 온 몸을 웅크린 채 주먹과 발길질을
받아내면서 더러운 바닥을 나뒹굴었지
화장실 창문 밖에 빛나는 태양과 구름은 저리도 예쁜데
왜 나만 이렇게 아파야 하는지

그토록 어린 나이에 나는 매일 꿈꿨어
소원을 들어주는 램프를 주우면
가장 고통스럽게 세상에서 지워 낼 너희의 이름을 떠올렸었지

〈나쁜 노래〉

병신같이 詩

딱!

수천 개의 눈동자가 거대한 포물선을 그린다

4번 타자가 유유히 베이스를 돌기 시작한다

오로지 나와 홈런 볼 만이 발을 들일 수 있는 X-zone에

온갖 시선과 목소리가 폭포처럼 쏟아진다

일당 삼만 원 넘어온 홈런 볼을 주워다 관중석에 던지는 게

나의 일

이 순간 내가 집어든 작은 공은 막강한 권력

공 주세요 잘생긴 형 여기요 학생 여기 제발 공 좀 주세요

자존심도 없이 아부하고 애원하는 인파

딱!

엎어져 자다가 무언가 번쩍해서 깨어보니

눈앞에는 럭비부 녀석이 키득거리고 서 있고

야 이 새끼 그만 쳐 자고 일어나봐

교실 여기저기에서 아이들도 비웃고

책상 위에 얹어진 오백 원짜리 하나

알았어, 소보루빵에 초코 우유 맞지?

관중석을 본다

좀 더 아부하고 애원해봐

더 이상 얻어맞고 빵 심부름 하면서도 찍소리 못하던 내가 아니야

여길 봐 갖고 싶지? 그쪽에 너도 어서 불쌍한 표정 한 번 지어봐

혹시 알아? 거기까지 내가 이 공을 던져줄지 말야

병신같이, 이까짓 공이 뭐라고

주먹만 한 야구공만도 못하던

나의 열다섯 살

알려지지 않은 MVP

나는 야구광이다. 프로야구 시즌이 끝나면 매일 경기 결과를 확인하던 시즌에 비해 무기력할 수밖에 없다. 그럴 때면 선수들의 이적 소식이나, 지난 시즌 뛰어난 활약을 펼친 선수들의 수상 결과를 보며 무료함을 달랜다. '포지션 별 최고의 선수에게 주어지는 골든 글러브가 누구의 품으로 돌아갈 것인가' '가장 빛나는 별인 MVP의 영예는 누가 거머쥘 것인가' 하는.

야구를 사랑하는 사람이라면 누구나 자기만의 MVP를 한 명쯤 가슴에 품는 법. 그건 성적과 무관하다. 심지어 시대마저 초월한다. 우리 아버지의 영원한 MVP는 그 옛날의 홈런왕 이만수이고, 외삼촌의 MVP는 이미 세상을 떠난 자이언츠의 전설 최동원인 것처럼.

내 가슴에도 나만의 MVP가 있다. 그는 어릴 적 내 야구 유니폼에

새겼던 등 번호 주인공 라이온즈의 양준혁도 아니고, 좋아하는 마음이 넘쳐서 그를 향한 노래까지 지었던 멕시코의 거포 가르시아도 아니다. 그는 바로 10년 전 서울 충암고등학교의 에이스 강윤구. 현재 히어로즈에서 강윤구라는 좌완 투수가 공을 던지고 있지만, 애석하게도 나의 MVP 강윤구는 프로 무대에서 공을 던지지 않는다.

내가 야구를 좋아하는 것은 순전히 아버지 때문이다. 아버지는 우리가 잠실구장과 가까운 암사동으로 이사를 오자마자 날 야구장에 데리고 다니셨다. 얌전히 텔레비전 보고 책 읽기를 즐기던 어린 나는 그게 귀찮았다. 한발 더 나아가 아버지는 작은아버지께 "네 아들 야구 한 번 시켜봐라."하고 권유하기에 이르렀다. 작은아버지의 아들은 나와 달리 운동신경이 좋았고, 집에 가만 있지 못하고 온 동네를 쏘다니며 갖은 말썽을 다 부리는 골목대장이었기 때문이다. 사촌 형 강윤구는 그렇게 야구 선수가 되었다.

윤구 형은 나의 유일한 사촌 형이다. 사촌 동생도 한 명 있지만 나이 터울이 꽤 나서 나는 한 학년 위인 형과 주로 비교를 당했다. 나는 유약했고 형은 강했다. 나는 예민했고 형은 서글서글했다. 나는 공부를 잘했지만 전교 1등은 아니었다. 형은 주목받는 야구 유망주로 떠올랐다. 초등학교 시절부터 주장을 도맡았고 팀의 에이스였다. 포지션은 경기장의 주인공이라 할 수 있는 투수를 맡았다. 잠시 어깨가 좋지 않았을 때는 일루수로 인천광역시 대회에 참가해서 뛰어난 타격을 뽐내며 최우수 일루수로 선정되기도 했다.

마침 형의 중학교 시절은 박찬호의 전성기. 어른들 모두가 우리 집안에서 제2의 박찬호가 나오는 날을 꿈꿨다. 나는 겉으로는 형이 잘되면 내가 에이전트라도 하면 되지 않겠느냐고 농을 던졌지만, 사실은 형을 질투했다. 어른들은 형의 기록에나 관심 있었지 내가 중간고사에서 몇 점을 맞았는지, 몇 등을 했는지 궁금해 하지 않는 것 같았다. 나도 운동하는 형 못지않게 열심히 살고 있다고 투정을 부릴 때, 형의 손바닥을 뒤덮은 물집과 굳은살은 보지 못했다.

인천 최고의 중학 투수였던 형은 굴지의 야구 명문 고등학교들로부터 스카우트 제의를 받았다. 형이 선택한 학교는 서울의 충암고등학교. 그때부터 형의 불운이 시작됐다. 학교 측과 야구부 간의 마찰로 2, 3학년 층이 텅 비어버린 것이다. 그래서 형은 1학년 때부터 팀의 주축 투수로 시합에 나갔다. 팀이 좋은 성적을 내지 못한 건 당연했다. 그때부터 무리하게 공을 던지다 결국, 고등학교를 마칠 무렵 우리 집안 어른들의 꿈이었던 형의 팔꿈치는 탈이 나고 말았다.

그 후 형은 모 프로구단의 2군에 신고 선수로 입단했으나 탈이 난 팔꿈치가 계속 문제였다. 수술을 받고 재활 훈련을 받았지만 쉽게 회복되지 않았다. 형은 구단에서 방출되어 공익 근무 요원으로 군

복무를 했다. 복무 중에도 퇴근 후에는 재활 훈련에 매진했다. 다시 공만 던질 수 있다면 어디서건 다시 시작할 수 있으리라고 모두 믿었다. 하지만 의사는 야속하게도 형이 전처럼 공을 던질 수 없을 거라는 판정을 내렸다. 당시 그는 이십 대 중반. 이른 나이에 살아온 시간을 절반이나 넘게 바친 경기장을 떠나게 되었다.

다행히 형은 취직을 했다. 군 복무 중 함께 일하던 공무원들의 권유로 사회인 야구팀에 나갔다가, 어느 자산가의 눈에 띄어 그의 일을 돕게 되었다. 그러나 내 눈에는 시속 140킬로미터 강속구를 날리던 형의 어깨가 너무나도 작아져 버린 듯 했다. 내가 대학 시절 야구장에서 아르바이트할 때였다. 형이 친구를 만나려고 야구장에 왔다가 내가 일하는 통제구역 쪽으로 와서 얘기를 나누고 있었다. 몇 분쯤 뒤, 내 상사가 다가와 형에게 '관계자 외에는 들어올 수 없는 곳이니 나가달라'고 말했다. 그때 형이 했던 말을 잊을 수 없다. "몇 년 전에는 이 운동장에서 내가 뛰었는데, 이제 관계자가 아니라고 쫓겨나는구나." 그날 나는 형을 동정했다.

어느 날 형이 일을 그만두고 그동안 차곡차곡 모은 돈으로 맥줏집을 개업한다는 소식을 들었다. 곧 결혼도 한다고 했다. 개업하고 얼마 뒤 집안 식구들과 함께 가게에 놀러 갔을 때, 형의 얼굴에는 자신감이 넘쳤다. 작은아버지와 작은어머니의 얼굴에도 자랑스러움과 뿌듯함이 묻어났다. 야무지게 가게를 꾸려가는 형 모습에 집안 어른들 모두 대견해했다. 비록 어른들의 바람처럼 메이저리그에 오르지는 못했지만 형은 스스로에게도, 지켜보는 어른들에게도 떳떳하고 당당했다. 형의 결혼식 날, 내가 축가를 부르는 동안 형은 정말 행복하게 웃었다. 그때 나는 내 동정심이 얼마나 경솔한 것인지 깨달았다.

야구는 그의 인생이고 꿈이었지만, 그것이 형 인생의 종착역은 아니었을 것이다. 어려서부터 자기처럼 천진한 아이들을 좋아하던 형은 일찍 가정을 꾸리고 싶다는 말을 입버릇처럼 했다. 나는 형이 훌륭한 야구 선수가 된 다음엔 바로 지금의 모습을 꿈꿨던 게 아닐까 생각했다. 형도 말했다. 야구 선수는 원래 남들보다 은퇴가 빠르고 형은 그 시기를 조금 더 빨리 경험한 것뿐이라고. 그래, 형은 오히려 더 이른 나이에 궁극적으로 바라던 모습에 다가선 것이다. '훌륭한 야구 선수'라는 과정 하나 건너뛰었다고 형의 인생을 동정한 나는 얼마나 오만했던가.

바로 며칠 전 형수님이 아이를 가졌다는 이야기를 들었다. 아들 바보 혹은 딸 바보가 될 그를 상상하니 벌써 웃음이 나온다. 형이 자신을 쏙 빼닮은 아이를 안고 서 있으면 골든 글러브나 MVP 트로피를 안아 든 야구 선수만큼이나 빛나고 멋지겠지. 그래서 나는 우리 형 강윤구도 박병호나 박찬호 못지않은 MVP라고 생각한다. 끝내 자기만의 트로피를 거머쥔 진짜 MVP!

아, 빠뜨리면 아쉬울 이야기. 형은 지금도 야구를 하고 있다. 프로야구 선수가 3할만 쳐도 A급이라는데, 사회인 야구 리그에서 형의 타율은 무려 8할에 육박한다.

주관적 절기

오늘 오전 11시 30분, 가을이 왔다. 수개월 만에 처음 주문한 따뜻한 커피.

긴 소매, 긴 바지를 입고 따뜻한 커피를 마시기 시작해야 비로소 가을이 온 것이다. 그러다 잠자리에 전기장판이 깔리고 자동차 유리에 하얗게 서리가 내리면 겨울이 오는 것이고, 돌연 새로운 연애를 하고 싶어지면 봄이 오는 것이다.

지금은 오전 1시 28분. 자정이 지나 휴대폰 액정의 날짜는 바뀌었지만, 나에게는 아직도 오늘이다. 잠들기 전까지는 오늘. 잠에서 깨면 비로소 내일이 시작되고, 내가 먹는 첫 끼는 몇 시에 마주하건 아침밥이다.

천동설이니 지동설이니, 코페르니쿠스와 갈릴레이에게는 미안하지만 지구도 안 돌고 하늘도 안 돈다. 그냥 내가 시간을 빙빙 돌리는 거다. 내가 명명하지 않으면 사물이 이동해도 시간은 흐르지 않는다.

남들은 아까 내가 커피를 주문하고 가을이 온 그 시각을 '어제'라고 부른다. 가을은 입추부터 시작된다고 한다. 절기는 중국 주나라 때 화북지방을 기준으로 정해졌다는데, 그들은 그들이 계절의 경계로 여기는 절기가 우리나라 기후와는 전혀 맞지 않다는 걸 알까? 어차피 다 사람이 정한 거다. 아침도, 계절도.

스무 살엔 대학에 가야 하고 스물한두 살엔 군대에 가야지. 스물여섯 스물일곱에는 취업을 하고 장가갈 준비를 해야지. 이것도 결코 진리가 아니다. 나에게는 중국 주나라 화북지방 절기만큼이나 머나먼 이야기였으니…….

커피를 시켰을 때 가을이 왔다. 입추가 와야 가을이 오는 게 아니라, 커피를 시켜야 가을이 온다는 말이다.

나는 우유도 잘 먹고 사도신경도 외울 줄 안다

전능하사 천지를 만드신 하나님 아버지를 내가 믿사오며, 그 외아들 우리 주 예수 그리스도를 믿사오니 이는 성령으로 잉태하사 동정녀 마리아에게 나시고 본디오 빌라도에게 고난을 받으사 십자가에 못 박혀 죽으시고 장사한지 사흘만에 죽은자 가운데서 다시 살아나시며, 하늘에 오르사, 전능하신 하나님 우편에 앉아 계시다가, 저리로서 산 자와 죽은 자를 심판하러 오시리라. 성령을 믿사오며, 거룩한 공회와 성도가 서로 교통하는 것과, 죄를 사하여 주시는 것과, 몸이 다시 사는 것과, 영원히 사는 것을 믿사옵나이다. 아멘.

스물일곱. 지금껏 살면서 경험한 것들 중에는 학교에서 배운 게 상당한 부분을 차지하고 있다. 내가 만난 선생님은 대부분 좋은 사람이었고 학교도 좋은 점이 아주 많은 공간이다. 하지만 늘 그랬던 건 아니다.

초등학교 1학년 때, 우리 학교는 의무적으로 우유 급식을 신청하도록 했다. 교육청에서 내려온 지시인지 학교 자체 방침인지는 알 수 없으나, 내 담임이었던 중년의 여선생님은 우리가 우유를 먹는 데에 굉장히 신경을 썼다.

나는 흰 우유를 잘 먹지 못했다. 억지로 코를 막고 우유를 넘기는 게 영 고역스러워 엄마에게 하소연했더니, 우유에 타 먹는 초콜릿 가루를 싸주셨다. 덕분에 며칠 동안 수월하게 우유를 먹었는데, 얼마 지나지 않아 선생님은 내 초콜릿 가루를 압수하고 다신 가져오지 말라고 하셨다. 그 후로 나는 우유 먹는 시간이 무서웠다.

우유를 먹다가 토할 뻔했다. 토를 하면 친구들이 놀리고 선생님이 나를 미워하실까 봐 겁이 났다. 도저히 안 되겠다 싶어서 책상 서랍에 우유를 숨겼다. 그때는 우유를 오랫동안 놔 두면 썩는다는 사실을 몰랐고, 우유가 썩으면 우유갑이 부풀어 터진다는 사실도 몰랐다. 어느 날 서랍 속에 모아 둔 우유갑들이 터져 내 자리에서 악취가 났다.

마침내, 선생님은 그 냄새를 맡았다. 냄새를 따라 선생님이 내 자리를 향해 오는 동안 나는 무서워서 오줌을 지릴 뻔했다. 선생님은 내 책상 서랍을 열고는 잠시 분을 삭이는 듯했다. 순간 눈앞이 번쩍

했다. 태어나서 처음으로 누군가에게 따귀를 맞은 날이었다. 부어오른 뺨을 부여잡고 얼마나 울었는지 모른다.

울며 집에 돌아오니 엄마는 시뻘겋게 부어오른 내 뺨을 보고 누구의 소행인지 물었다. 자초지종을 이야기했더니 엄마는 선생님을 만나러 갔다. 10년쯤 지나서야 엄마가 선생님에게 촌지를 찔러 주었다는 사실을 알았다. 그 후로 선생님은 내가 우유를 들고 머뭇거려도 별말 없었다. 하지만 여전히 우유 먹는 시간이 무서워서 필사적으로 우유 먹는 연습을 했다.

선생님 덕분에 나는 이제 흰 우유를 잘 먹는다. 오히려 좋아하는 편이다. 작년 이맘때쯤 편도선 수술을 하고 건더기 있는 음식을 못 먹었을 때도 얼린 우유로 영양을 보충했다.

초등학교를 졸업하고 같은 울타리에 있는 중학교와 고등학교를 다녔다. 우리 학교는 고종 때 외국인 선교사가 세운 미션스쿨이었다. 우리 학교의 역사와 전통은 지금도 자랑스럽다. 그렇지만 그 당시 부처님 오신 날마다 할머니와 절에 가는 내가 왜 매주 수요일 아침마다 예배를 드려야 하는지, 일주일에 한 번 있는 '종교' 과목은 왜 한 가지 종교만 가르치는지 이해 가지 않았다. 더구나 내가 선택한 학교도 아니고 소위 말하는 '뺑뺑이'로 입학했는데 말이다.

예배는 전교생이 예배당에 모여서 드렸기에 잠을 자도 들키지 않았다. 문제는 종교 과목. 당시 우리 학교 목사님은 매우 엄한 분이었다. 수업 시간에 졸거나 책을 가져오지 않으면 체벌도 불사했다. 왜 배워야 하는지 모르는 과목 시간에 졸지 않기란 굉장히 어려운 일이다. 많은 아이가 수업시간에 졸았다.

목사님은 조는 아이들을 불러 몽둥이로 엉덩이를 때렸는데, 어느 날인가부터 면죄부를 발행하였다. 바로 '사도신경'을 외울 줄 아는 아이에 한하여 체벌을 면해주는 것이었다. 그래서 성경책 맨 앞의 사도신경을 읽어 봤더니 도통 무슨 말인지를 모르겠더라. 성령은 뭐고 무슨 죄를 사하여 주신다는 건지 알 수 없었다. 그래, 그냥 안 졸고 말지.

하루는, 시험 한 주 전이었나, 목사님이 사도신경을 외울 줄 아는 아이에게만 자습시간을 주겠다고 했다. 교회에 다니는 친구들은 손을 들고 사도신경을 외우고는 잠을 자거나 시험공부를 했다. 나는 손을 들고 목사님께 물었다. '도대체 왜 이걸 외고 앉아 있어야 하는 건지 이해할 수 없다'고. 그랬더니 목사님은 "외우라면 외워!"라고 했다. 나는 그럴 수 없다고 했다. 결국, 나는 몽둥이로 엉덩이를 몇 대 맞고 엎드려 뻗친 상태로 사도신경을 다 외웠다. 그 사도신경을 아직 한 글자도 잊어버리지 않았다.

나는 이제 우유도 잘 먹고 사도신경도 외울 줄 아는 사람이 되었다. 자라고 보니, 우유를 먹지 못해도 사도신경을 외우지 못해도 사는 데 아무런 지장이 없다는 걸 알게 되었다. 우유가 아니어도 우리 몸에 칼슘과 단백질을 균형 있게 공급해 줄 식품은 얼마든지 있었고, 여전히 내가 외우는 사도신경의 마지막 구절 '믿사옵나이다, 아멘'은 뻥이다. 아직 목사님의 주님은 나를 그분의 푸른 초장으로 이끌지 않으셨다.

선생님과 목사님은 내게 윗사람이고 존경해야 마땅한 분이라 배웠다. 그러나 그분들은 내게 명확한 설명도 해 주지 않고 그저 복종하라고 했다. 두 분뿐만 아니라 이유를 알려주지 않고 내게 무언가 해야 한다고 말한 사람들이 수두룩하다. 까닭을 알려주지 않는 강요는 폭력이다. 우리는 우리가 설득하지 못한 상대에게 무엇도 강요할 수 없다.

'아무리 대학생이라도 학생이 귀를 뚫거나 머리가 노란색이면 안 돼. 스물한 살에는 군대에 가야 해. 일찍 자고 일찍 일어나야 해. 스물대여섯에는 번듯한 직장을 구해야지. 음악은 젊을 때나 잠깐 해야지. 서른쯤에는 장가를 가야 해…….' 이 같은 말들이 내겐 모두 그러했다. 우유를 마시면서 성경책을 읽어보면 그분들의 깊은 뜻을 이해할 수 있으려나.

폭력적인 요구를 수용하지 않는 것을 반항이라 한다면, 나는 그러한 반항이야말로 논리적이며 합리적인 것으로 생각한다. 수긍 가지 않는 일을 생각 없이 따르는 것이 어떻게 옳은 일인가. 어릴 때야 무서워서 그럴 수 없었지만, 앞으로라도 열심히 개기면서 살아야겠다. 나에게 가해지는 모든 개인적 · 사회적 차원의 폭력에 대해서.

24시 코인 빨래방 詩

새벽 세시, 24시 코인 빨래방에서
윙윙 돌아가는 세탁기를 보며 하염없이 울던
내 또래의 사내

왜 이 새벽에 빨래하며 울고 있는 걸까
이유를 짐작해보았다

술을 많이 마신 걸까
사랑하는 여자와 헤어진 걸까
취업 면접을 망친 걸까
고향이 그리운 걸까

보고 싶지만 만날 수 없는 누군가가 생각난 걸까
떨쳐내기 어려울 정도로 속상한 말을 들은 걸까
등록금이 없어서 휴학한 걸까
호기롭게 시작한 사업이 실패를 향해 달려가는 걸까
꿈을 포기해야 하는 상황에 직면한 걸까
그냥 이유 없이 눈물 나는 날이 오늘인 걸까

나를 닮은 저 사내가 울 수 있는 까닭의 수가
두자릿수에 달하자, 나는 세기를 멈추고
애처롭게 떨리는 그의 어깨를 두드리는 상상을 했다
어째서 우리에겐 울 이유가 이리도 많은가

세탁기는 무심하게 윙윙 돌고
유리창 너머에는 그가 울고
유리창 표면에는 그를 닮은 내가 있었다

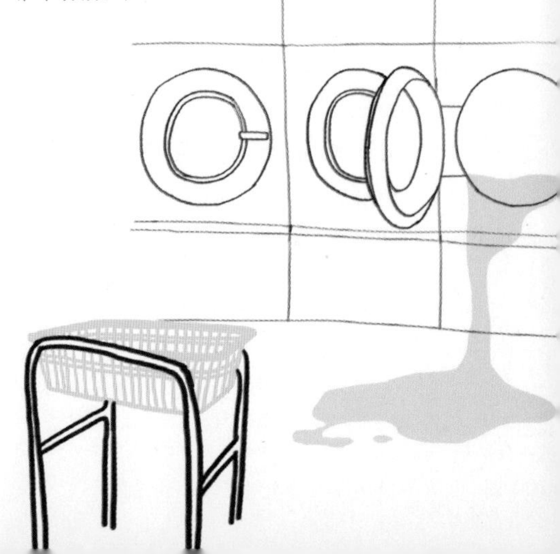

하헌재 때문인지
하헌재 덕분인지

고등학교에 올라갈 무렵 사춘기가 왔다. 다리 사이에 털이 나기 시작하면서 키도 자라고 머리도 컸다. 내게 고등학교 진학의 의미는 바로 인간관계의 물갈이였고, 왕따 생활을 청산할 기회였다. 더군다나 그즈음 엄마가 난소암 판정을 받고 투병을 시작했기 때문에 누구도 내 변화에 제지를 가할 수 없었다.

공부하지 않아서 성적이 곤두박질쳤다. 친구들과의 대화에서 미래나 성적에 대한 고민보다는 욕설이나 음담패설이 차지하는 비중이 커졌다. 그럴수록 나는 반항심이 생겼다. 그 무렵 하헌재가 나타났던 건 내게 중대한 사건이었다. 녀석과 나는 애초에 서로 좋은 인상을 주지 못했다. 둘 다 너무나 노골적으로 질풍노도의 시기를 맞이하고 있었기 때문에, 센 척이나 어설프게 재는 모양이 서로 마음에 안 들었다. 급기야 한번은 주먹다짐을 할 뻔했다. 그러나 이내 우리는 누구보다 가까운 친구가 되었다. '록 음악'이라는 접점을 찾았기 때문이다. 수업 시간에도 우리는 메탈리카와 너바나를 이야기했다. "메탈리카 91년도 모스크바 공연 동영상 죽이지 않냐" "커트 코베인의 죽음은 자살이 아닐지도 모른다더라"와 같은 이야기들.

녀석이 학교 밴드를 하고 있다는 사실은 들어서 알고 있었다. 녀석은 내게 같이 밴드를 하자고 제안했다. 아버지께서 나에게 고등학교 입학 선물로 사 주신 베이스 기타가 있다는 걸 자랑했기 때문이다. 고등학교 밴드가 베이시스트를 뽑는 기준은 베이스 기타를 잘 치는 사람이 아니라 베이스 기타가 있는 사람이었기에. 사실 제안이라기보다 거의 자기 마음대로 가입시킨 것이지만, 열심히 하다 보면 옆 학교인 명일여고나 상일여고 축제 무대에도 불려가지 않겠느냐는 제안이 달콤했다.

딱히 음악을 전공하지 않을 고등학교 1, 2학년에게 밴드 활동은 어찌 보면 술이나 담배처럼 금기시된 영역이었다. 그러나 돌이켜보면 그것은 나를 지탱해 준 토대가 되었다. 사춘기 남자애들이라면 누구나 가슴에 주체하기 어려운 불길 같은 것을 품고 있다. 가슴 속에 일렁이는 알 수 없는 불만과 불안을 어떤 식으로든 표출해야 하는데, 그 방식이 싸움이나 술 · 담배 같은 것들인 경우도 많다. 그러나 폭력은 정당화될 수 없고 술을 마시거나 담배를 피우기에 우리는 어렸다.

나도 그랬다. 책상에 앉아 있어도 불안하고, 아무도 내게 뭐라 하지 않아도 괜히 세상이 싫고. 어떤 주체할 수 없는 열기가 나를 미치게 했다. 그런 감각이 아직도 생생하게 남아 있다. 우리의 불길을 음악으로 표출할 수 있었던 건 참으로 다행한 일이었다. 추운 겨울, 난방도 되지 않는 컨테이너 임시 건물에서 손등이 갈라터지는지도 모르고 연습할 정도로 우리는 열정적이었다. 다른 일탈은 생각할 겨를조차 없었다. 아니, 필요하지 않았다는 게 더 옳겠다. 갑자기 엄마 품에서 벗어나, 위험한 그 어떤 곳이 아니라 순수한 열정이 가득했던 연습실에 머물 수 있었던 것. 지금 생각하면 참으로 안도할 만한 일이 아닌가.

무대에 서는 자신감은 일상생활로 이어져 왕따로 지냈던 중학교 시절이 무색할 정도로 친구가 많아졌다. 고등학교 3학년 때 엄마의 장례식에 친구들이 200명이나 찾아오고, 대학에 들어가 학생회장이 되고, 음악을 하며 멋진 동료들을 만나고, 남들처럼 연애도 하고. 밴드를 하지 않았더라도 내게 이런 일들이 일어났을까? 나는 지금처럼 살 수 있을까?

이후에도 하헌재와 나는 함께 밴드를 하려고 여러 번 시도했지만 쉽지 않았다. 고등학교를 졸업하고 '클라우데이'라는 밴드를 만들었지만 하헌재가 대학 진학에 실패하고 재수생이 되는 바람에 무산되었다. 1년 뒤 '루드립스'라는 밴드를 만들었지만 하헌재가 대학 진학에 실패하고 삼수생이 되는 바람에 또 무산되었다. 또 1년 뒤 '네이키드 에입스'라는 밴드를 만들었지만, 별 성과를 거두지 못하고 녀석이 군대 가는 바람에 해체되었다. 결국, 나는 하헌재 없이 음악을 해 왔고 지금까지 뮤지션으로 살고 있다.

뮤지션이 되어버린 지금의 내 모습을 원망한 적도 있다. 동갑내기 사촌이 설날에 할머니께 용돈 봉투를 내밀 때, 누구는 은행원이 되었고 누구는 공무원이 되었다는 소식을 들을 때, 그들과 술을 마시고 "에이 네가 무슨 돈이 있다고"하면서 꺼내는 지갑을 만류하지 못할 때. 그럴 때마다 나는 애꿎은 하헌재에게 볼멘소리를 하곤 했다. 영화 〈타짜〉에서 도박판으로 막대한 부를 거머쥐지만, 자신을 도박판으로 이끈 타짜 '평경장'을 원망하다 그를 살해하고 마는 '정 마담'처럼, 내 선택을 원망할 용기가 없어 공연히 하헌재에게 불평을 떠넘겼다. 이런 나를 뒤로하고 하헌재 이 치사한 놈은, 음악은 취미로 하고 열심히 공부해서 취업할 거라고, 그게 여의치 않으면 아버지 사업을 물려받겠다고 하지 않는가. 그러나 시간을 되돌려 하헌재가 밴드를 하자고 꼬셨던 2002년 12월 모의고사 날 아침으로 돌아간다고 해도, 나는 아마 그리하겠다고 할 것 같다. 어두운 기억이 되었을지도 모를 고등학교 시절에 그러했듯, 여전히 음악은 내 삶의 토대이고 자신감의 근간이기에. 인생을 다시 살더라도 수많은 가짜 장래희망들을 뒤로하고 음악을 할 것 같다.

〈하헌재 때문이다〉라는 노래를 발표하고 하헌재의 어머니로부터 애정 섞인 야단을 맞았다.

"너 왜 자꾸 우리 헌재 들먹이니!"

하지만 이 모든 게 하헌재 때문이다. 그건 어쩔 수 없는 사실이다. 그렇지만 또 이 모든 게 하헌재 덕분이기도 하다. 일이 잘 풀리지 않으면 하헌재 때문이고 잘 풀리면 하헌재 덕분이다. 앞으로도 나의 삶 그 자체일, 이 지긋지긋한 음악을 내게 소개해 준 천하의 나쁜 자식 하헌재 말이다.

내가 불효자가 된 것 망나니가 된 것 다 하헌재 때문이다
돈 일이십만 원에 쩔쩔매는 것도 다 하헌재 때문이다
내가 만날 술쳐먹고 뚱뚱해진 것도 다 하헌재 때문이다
비엠더블유 못타고 똥차 타는 것도 다 하헌재 때문이다
고등학교 1학년 때 밴드하자고 꼬시지만 않았어도 지금 쯤 난
공부해서 취직하고 떵떵거리며 살 텐데
내 인생 꼬인 거 하헌재 때문이다
내 팔자 조진 거 하헌재 때문이다

내가 참치 못 사먹고 참치김밥 먹는 거 하헌재 때문이다
돈 천 원 아끼려고 원조김밥 먹는 거 하헌재 때문이다
명일여고 축제 가서 공연하자고 꼬시지만 않았어도 지금 쯤 난
공부해서 취직하고 떵떵거리며 살 텐데
내 인생 꼬인 거 하헌재 때문이다
내 팔자 조진 거 하헌재 때문이다

그렇게 착실하던 내 인생 배려놓고
지 혼자 아버지 사업 물려받고 돈 많이 벌고 장가가고
아파트 사고 외제차 타고 떵떵거리며 살겠지
내 인생 꼬인 거 하헌재 때문이다
내 팔자 조진 거 하헌재 때문이다

〈하헌재 때문이다〉

우리에게 쓰레기 데이를 허하라

나 같은 프리랜서들에 대해 사람들이 오해하는 부분이 있다. 여유롭다거나, 시간이 많다거나. 생각해보면 일반 직장인과 나의 노동량은 크게 다르지 않다. 하루 열 시간 이상을 치열하게 일하는 사람들도 있겠지만 모든 직장인이 열 시간을 책상에 앉아 있다고 해서 그 시간을 온전히 일에 투자하는 것은 아니지 않은가. 이래저래 빈둥대고 설렁설렁 일한다 해도 연습하는 시간, 글 쓰는 시간, 공연하는 시간, 공연하러 이동하는 시간을 합하면 나도 영 한가한 사람은 아니다.

아니, 오히려 나는 직장인들이 부러울 때가 있다. 학원 강사로 일할 때에는 출근과 동시에 퇴근을 기다렸다. 출근은 고역이지만 직장인에게는 '퇴근'과 '휴일'이라는 아름다운 단어가 존재한다. '불금'

같은 단어는 직장인의 것이다. 일주일 내내 쌓인 스트레스를 요일을 정해놓고 단숨에 해소하는 것이다. 나는 바로 그 규칙성이 부럽다. 일하지 않는 시간에는 일 생각을 하지 않아도 되는 그 시절이 지금보다 나았던 점도 있다. 나는 출근을 하지 않는다. 그 대신 퇴근도 없고 휴일도 없다. 어떤 일을 마주해도 글이나 음악을 생각해야 한다. 그것들을 대중에게 알리고 팔 생각도 해야 한다.

아무것도 하지 않는 날에는 자괴감이 든다. 창작의 영역이야 영감이 날아드는 그 순간을 기다려야 한다지만, 기타 연습에 노래 연습도 해야 하고 타인의 창작물로부터 자극도 받아야 하기에, 마음만 먹으면 정해진 업무량 없이 온종일도 일할 수 있기 때문이다. 딱히 바쁘지는 않지만 한순간도 일에서 벗어나지 못한다. 상황이 그렇다 보니, 별로 하는 일 없이 시험 기간에 공부도 안 하면서 안절부절못하는 학생처럼 스트레스만 받는다. 1집을 만드는 동안에는 스트레스성 탈모까지 경험했다. 더군다나 나는 그 옛날 이상李箱 같은 사람처럼 치밀하고 견고하게 글을 쌓아올리는 유형의 창작가가 아니다. 멍하니 시간을 보내다가 어느 순간에 스치는 장면을 단숨에 써 내려가는 경우가 많아서, 어느 정도 허송세월 혹은 시간 낭비를 해야 하는 편이다. 그래서 나는 일부러라도 놀아야 한다. 의무적으로!

하지만 그게 쉽지 않다. 집에는 일감이 너무나 많다. 기타, 작사 노트, 컴퓨터, 왜 샀는지 기억도 안 나는 책들. 그래서 내 시간 낭비는 필사적이어야 한다. 나는 기필코 오늘 하루를 낭비하고야 말겠다는 굳은 다짐이 필요하다.

시간을 낭비하는 데 최고의 파트너는 오랜 친구들. '원숭이들'이라 스스로 일컫는 바로 그 일곱 녀석들이다. 고등학교 1학년 때부터 10년 넘게 친구로 지내면서 한 번도 함께 생산적인 활동을 해 본 적이 없다. 우리 중에는 백수도 있고 한량도 있지만 연구원, 기자, 대기업 직원 등 번듯한 사회인도 있다. 저마다 다른 사회적 위치를 차지하고 살아가지만, 우리끼리 모이는 시간만큼은 그냥 다 똑같은 원숭이들이다. 술 마시고, 주정부리고, 서로 비난하고, 아이처럼 뒹굴며 놀고, 여자 얘기를 하고, 남 욕을 하고.

우리는 종종 '쓰레기 데이'라는 날을 정해서 논다. 쓰레기 데이는 그날 단 하루만 남에게 피해 주지 않는 선에서 돈과 시간과 체력을 무의미하게 낭비하는 날이다. 말 그대로 그날 하루를 쓰레기처럼 갖다 버리자는 취지로 만들었다. 각자의 영역에서 건실한 척하며 살던 친구들도 그날만큼은 취지에 걸맞게 놀아야 한다.

지난번 쓰레기 데이 때는 플스(플레이스테이션) 방이 첫 코스였다. 친구들과 내기 축구게임을 했다. 2만 원 안쪽의 사소한 내기.

이겨서 딴 돈으로 로또를 샀다. 친구들에게 로또 용지를 나눠주며 만약 당첨된다면 50퍼센트를 주겠다는 말을 녹취한다. 세계 맥주 전문점에 가서 술을 마시기 시작한다. 로또 당첨금의 사용 용도에 대해 논의한다. 누구는 아파트를 산다고 하고 누구는 외국으로 도망을 가겠다고 한다. 전액 어려운 이웃을 돕겠다는 거짓말을 늘어놓기도 한다. 그러다 질리면 여자 이야기를 하고, 술값 내기 다트 게임을 하고, 게임의 긴장감을 가중시키려고 일부러 비싼 맥주를 시키고, 술값 낼 친구를 골탕먹이기 위해 억지로 과음을 하고, 술에 취해 서로 힐난하고…… 정신 차려보면 집에 가는 택시 안이다.

그렇게 하루를 보내고 나면 남는 게 없다. 로또는 당첨될 리 없다. 오죽하면 우리 아버지도 "나도 가끔 하는데, 일등이 잘 안 되더라." 하셨겠는가. 건설적인 대화는 단 1그램도 없고 화장실 몇 번 들락거리고 나면 남는 건 정말로 극심한 숙취, 그뿐이다. 머리도 위장도 텅 비어 버리게 된다. 적게는 1~2만 원 많게는 7~8만 원, 그리고 황금 같은 주말 하루를 그야말로 허공에 뿌린 것이다.

그러면 자괴감을 느낄 법도 한데 우리는 그런 걸 느끼지 않는다. 그날은 그러기로 한 날이니까. 텅 빈 위장이 해장국을 갈구하듯, 우리는 그렇게 비운 하루로 인해 다시 얼마 동안 살아갈 힘을 얻는다. 우리를 괴롭히던 문제들은 단 하나도 해결되지 않았지만, 생각 없이 보낸 하루로 인해 터져버릴 것 같던 머리가 가벼워지고 다시 처음부터 생각할 수 있는 여유가 생긴다. 우리가 낭비한 돈과 시간은 어쩌면 '비움의 시간'을 위해 지불한 값인지도 모른다.

물론 고상하게 명상을 하거나 봉사 활동과 여행처럼 건전한 방식으로 머리와 가슴을 비워낼 수도 있다. 그랬다면 더 좋았겠지. 그러나 나와 내 친구들은 그저 그렇게 노는 게 체질에 맞는 걸 어떡하나. 나와 내 친구들 모두 건전한 사람, 생산적인 사람으로 살기를 원하기에 그러기 위해서는 우리가 가진 약간의 저속함을 감추고 성실한 척도 해야 한다. 단 하루 동안만, 저속함과 게으름에 대해 피차 할 말 없는 친구들끼리 모여 마음껏 그런 면을 드러낼 수 있다는 건, 실체에 대해 함구해 줄 수 있는 의리 있는 친구들이기에 가능한 일이다.

나와 SNS를 통해 소통하는 사람 중 상당수가 지나치게 건전하고 생산적이다. 한 면만 비추는 달처럼 그들의 건전한 부분만 드러나기 때문에 그렇게 보이는 거라면 몰라도, 그게 아니라면 나는 그들이 매우 우려스럽다. 벌레 먹은 사과보다 지나치게 깨끗한 사과가 미심쩍은 것처럼 그들의 마음에 오히려 병이 생기지 않을까 걱정된다.

사람으로 태어나 사회에 이바지하며 살아야 하는 것도 맞고, 열심히 살아야 하는 것도 맞다. 그렇지만 모두가 매 순간을 의미 있게 채우려다가는 미쳐버릴지도 모른다. 꼭 쓰레기 데이가 아니더라도 자신에게 단 하루 '게으름 데이'라든가 '빈둥빈둥 데이' 같은 날을 허락하는 용기도 필요하지 않을까. 하루를 통째로 버린다는 게 쉽지는 않겠지만 다른 날들을 값지게 보내기 위해서 말이다. 단, 우리처럼 타인에게 피해를 주지 않는 선에서.

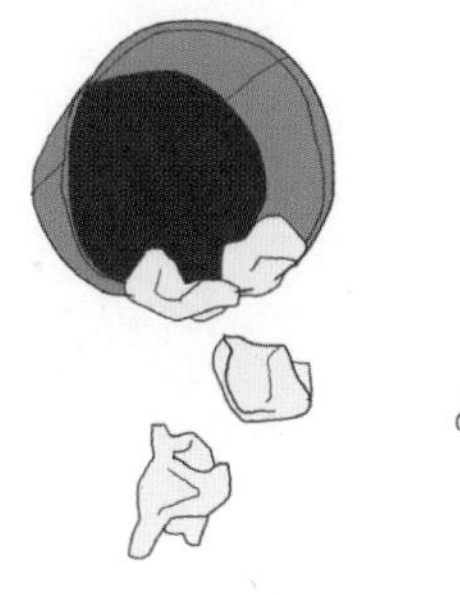

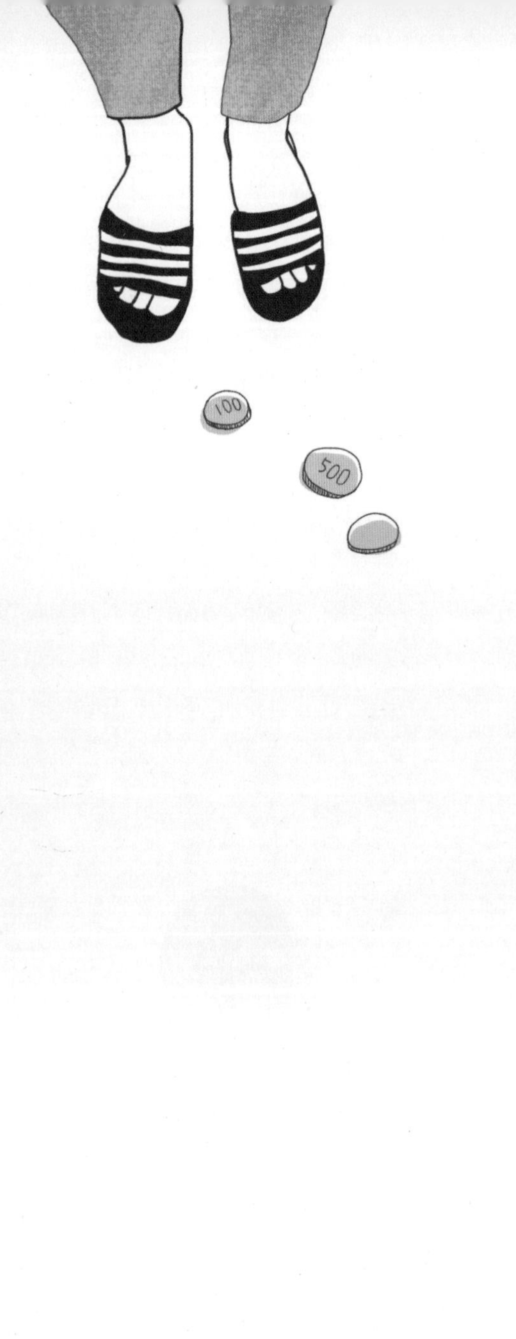
100
500

은행 아가씨 1 詩

천 원짜리는 돈도 아닌가
현금지급기는 만 원부터만 셀 줄 안다
술이 덜 깬 오후
통장 잔고가 팔천육백사십 원인 까닭을 고찰하며
슬리퍼는 은행으로 미끄러져 들어간다
팔천 원 뽑으러 왔다며 통장을 내미는데
새로 왔는지 창구의 아가씨가 낯설다
다닥다닥 마우스 버튼을 클릭하는 손가락이 예쁜데
날씨 얘기나 던져 볼까 농이나 붙여 볼까 싶은데
도로 내미는 통장과 지폐 몇 장을 받아들고
황망히 은행 문을 나선다

못 꼬실 여자는 있을지언정 못 집적 댈 여자는 없을진대
그녀는 너무 많은 것을 알고 있기에
그러니까 여태 어떤 여자에게도 공개하지 않은 내 통장을
하필 잔액 육백사십 원일 때 봐 버렸기에
지난주에만 만났어도 좋았으련만

작년 이맘때 쯤이었나
아침까지 술을 마시다 출근길 인파에 섞여 귀가를 하는데
문득 이 버스 안에서 내가 제일 가치 없는 인간이 아닐까
하다가 우리 집 앞 국민은행 정류장에서 버스를 내렸다
지난 밤 친구들이 주택 청약 이야기를 하기에
벌써 우리가 술자리에 그런 화제를 올릴 나이가 되었나 싶었는데
그래 나도 언제까지 이렇게 한심하게 살 수는 없는 노릇이지
혀 꼬인 소리로 무슨 말인지 모를 상담을 받고
한 달에 이만 원짜리 청약 통장을 만들었다
그날이 최근 일 년간 가장 뿌듯했던 날

그 통장은 오늘만큼이나 돈이 없던 지난 주
이십 몇만 원 정도의 돈으로 장렬히 산화하고

한 차례의 소개팅과 두어 차례의 술자리로 증발해버렸지
그나마 그거라도 있었다면, 일 년 넣은 주택 청약이라도 있었다면
다른 은행에 주거래 통장이라도 있는 양 허세라도 떨었을 텐데
지난주에만 만났어도 좋았으련만
아니 내가 일주일만 참았어도 좋았으련만!

연민이라는 이름의 편견

얼마 전 프랑스 남부 지역으로 여행을 다녀왔다. 특별한 사연이 있는 사람들이 작가 손미나 씨와 프로방스를 돌아보며 여행의 가치를 느끼는 여정이었다. 나는 이 프로그램을 후원한 '여행박사'의 신창연 대표님 배려로 이들과 동행하며 노래와 이야기를 보탰다. 덕분에 아름다운 풍경들과 더불어 새로운 벗들도 가슴에 담아 올 수 있었다. 승준이 형도 그들 중 한 명이다.

그는 인기가 많다. 동행한 여성들은 하나같이 입을 모아 그의 매력을 칭찬했다. 키도 훤칠하고 무엇보다 유머 감각이 돋보였다. 과거 '퀴즈 대한민국'이라는 프로를 통해 세간의 이목을 끌었을 만큼 풍부한 지식에, 순간순간 번뜩이는 언어감각으로 모두를 매료시켰다. 그는 괜찮은 대학을 나와 안정적인 직업을 얻었다. 주말이면 밴드 활동을 하고, 여름에는 수상스키를 타고, 겨울에는 스키를 즐기는 등 레저 활동도 남들보다 폭넓게 즐기는 편이다. 혼자 산 지 십 년이 넘어 살림에도 능숙하다고 하니 그만한 신랑감이 또 있을까 싶다.

다만 그에게는, 형 말을 그대로 빌리면, 별거 아닌 불편함이 하나 있다. 형은 초등학교 6학년 때 시력을 잃었다. 처음에야 절망적이었지만 이제 그는 시각장애를 정말 별거 아니라고 한다. 남들이 즐기는 걸 다 즐길 수 있기 때문이다. 물론 방식은 조금 다르지만 자기는 전혀 불편을 모르고 산다고 한다. 실제로 이번 여행에서 그는 미술관을 제외한 모든 여정을 호기심 어린 표정으로 만끽했다. 여행 내내 무릎이 좋지 않아 고생했던 일행 가운데 한 사람을 보며, 자기는 자신의 장애를 관절염과 바꿀 수 있다고 해도 그러지 않을 것이라고 했다. 형은 대학 시절부터 장애인 인권 활동을 했는데, 실제로 그 자리에 모인 장애인들은 같은 생각을 한다고 했다. '내 장애가 제일 낫구나.' 그것은 장애를 극복한 사람들이 갖는 자연스러운 생각이라고 했다.

그가 자신의 장애를 극복했음을 깨달은 건, 어느 순간 자신이 그것을 농담 소재로 사용할 때였다고 한다. 실제로 그런 장면을 많이 봤다. 처음에는 웃어야 할지 말아야 할지 당황했지만 갈수록 그 당혹감은 존경심으로 바뀌었다. 밤이 되면 숙소에서 한국산 소주와 현지 와인을 섞어 마시며 그의 기상천외한 개그를 들을 수 있었다. "와이파이 켜면 보여요" "여자는 무조건 얼굴이 예뻐야지" "내가 술 먹어서 눈이 풀린 게 아니라니까?"…… 끝이 없었다.

여행 내내 그는 지팡이 대신 누군가의 팔짱을 끼고 걸었다. 처음에 우리 일행은 그를 안쓰러워하며 오른팔을 내 주었지만, 여행 중반 부터는 그와 얘기 나누고 싶어서, 앞다투어 그의 옆자리를 차지하려고 했다.

마지막 날 밤이었던가, 함께 술을 마시며 나는 평소 시각장애인을 바라보던 편견 어린 시선에 대해 고백했다. 나는 어쩐지 그들이 불쌍했고, 불행해 보였고, 그래서 마음이 불편했다고 했다. 형은 그런 시선들이 자연스럽고 당연한 거라며 여유롭게 대답했다. 나는 그와 며칠을 동행하며 중요한 것을 배웠다. 시각장애인들을 향한 내 안쓰러운 시선마저도 편견이었다는 것. 장애인들에게 필요한 건 비장애인들을 바라볼 때와 똑같은 자연스러운 시선이라는 것. 그는 건강한 눈을 가진 나보다 훨씬 더 많은 것을 보고, 많은 것을 이야기한다. 그런 형을 내가 뭐가 잘나서 안쓰러워한단 말인가.

형은 그와 똑같이 별것 아닌 불편을 가진 아이들을 가르치는 특수교사다. 내가 그에게 던졌던 어리석은 질문.

"형, 형네 학교 애들은 나중에 뭐 하고 싶어 해요?"
그런 식의 물음에 대한 형의 대답은 거의 하나였다.
"똑같아. 너네랑."

새해 소망

소속사 대표인 대현이 형과 집에서 술을 마셨다. 이런저런 이야기를 하다가 우리 둘 다 좋아하는 농구 얘기로 넘어갔다. 농구대잔치 시절의 흘러간 스타들을 떠올리다 현재 전주 KCC 감독인 허재 씨에 대한 얘기가 나왔다. 농구 대통령이었다던 그의 전성기 플레이를 나는 별로 본 적이 없어서 형에게 물었다.

"구체적으로 허재 주특기가 뭐였어요? 슛? 어시스트? 드리블?"

"그냥 다 잘했어. 근데 경기를 보고 있으면 그런 것보다 더 희한한 게, 허재는 매번 옳은 선택을 했어. 그냥 경기 중 허재의 선택은 다 옳았어."

돌파를 해야 하는가, 슛을 해야 하는가, 패스를 해야 하는가, 패스한다면 누구에게 해야 하는가. 그런 선택이 매번 옳았다는 거다.

하기야 기량이 뛰어난 선수들이 우리나라에 얼마나 많았는데, 그것만으로 어떻게 '대통령'이라는 칭호를 들을 수 있었겠는가.

새로운 한 해가 시작된 게 엊그제 같은데, 시간은 언제 그렇게 흘렀는지 어느덧 또 다른 한 해가 시작되려고 한다. 나의 새해 소망은 바로 그것으로 정했다.

옳. 은. 선. 택.

내 수많은 선택이 매 순간 조급함이나 이기심에 흔들리지 않고 옳은 방향으로 나아갔으면 좋겠다.

굳이 꿈꾸지 않아도

커다란 꿈이나 야망 같은 게 있으면 좋겠다고 생각해서
가짜 꿈, 가짜 야망을 지어내서 떠들고 다니던 시절이 있었다.
자꾸만 큰 꿈을 가져야 한다는 어른들 때문에
본의 아니게 거짓말쟁이가 되어 버렸잖아.

뒤통수도 예쁜 그대

올겨울 편도선 수술을 받았다. 수술 부위가 터져서 한 차례 더 수술하는 바람에 보름 정도 병원에서 보냈다. 그렇게 길게 입원한 건 처음이라 하루하루 좀이 쑤셔 미칠 지경이었다. 이상의 「권태」라는 수필에서 읽었던 '지긋지긋한 초록'. 병원을 가득 채운 지긋지긋한 하얀 색에 질식할 것 같았다.

입원실에서 이비인후과 건물로 하루 두 번 진찰받으러 가려면 암센터 건물을 가로질러야 했는데, 거기서 매일 마주치는 아주머니가 있었다. 파르라니 깎은 민머리를 보면 10년 전 우리 엄마가 생각나서 마음이 무거웠다.

엄마가 암에 걸렸다는 얘길 처음 들었던 건 고등학교 1학년 때였다. 2002년 4월 1일, 만우절에 들었던 그 이야기는 정말 거짓말 같았다. 머지않아 엄마는 수술을 받았고 항암 치료를 시작했다.

'우리 엄마가 암 환자다.'라고 실감한 건 엄마가 머리를 밀고 온 날이었다. 두건으로 가린 민머리를 처음 봤을 때 비로소 무섭고 슬펐다. 그날 잠자리에 들며 울었던가, 기억은 잘 나지 않지만 가슴을 스치던 서늘한 느낌은 아직도 생생하다. 아마 엄마도 그랬을 거다. 뱃속의 암 덩이가 눈에 보일 리는 없으니, 머리를 밀기 전까지는 자신도 암 환자라는 자각이 없었을지도 모른다. 미용실에서 머리에 바리캉을 대던 순간 엄마는 속으로 얼마나 울었을까.

엄마는 종종 당신이 괴물 같다는 말을 했다. 암세포 때문인지 항암제 때문인지 엄마는 자꾸 야위어 갔다. 머리카락도 없고, 한번도 본 적은 없지만 배 위에는 커다란 수술 자국이 있었겠지. 난소를 들어내고 예뻤던 모습은 온데간데없었지만, 엄마도 여자다. 거울을 보며 신체적인 아픔만큼이나 거기서 오는 괴로움도 컸을 터이다.

야윈 얼굴과 환자복, 파르라니 깎은 민머리. 엄마 얼굴을 생각하면 자꾸만 아플 때 모습이 떠올라서 엄마에게 정말 미안하다. 엄마는 아들이 엄마의 예쁜 얼굴을 기억해 주길 바랄 텐데…… 일부러 아프기 전 엄마 사진을 꺼내 본다. 가장 예뻤을 때 모습을 어떻게든 머리에 새기려고 한다. 하지만 쉽지 않다.

꿈에서 본 엄마는 아파도 참 예뻤다. 우리 엄마니까. 살아계실 때

'엄마 예쁘다'는 얘기를 한 적이 있던가? 기억나지 않는다. 아, 두상이 예쁘다는 말은 한 적이 있다. "엄마는 머리가 짱구여서 좋겠다. 나는 밀고 싶어도 못 미는데."라며 실없이 말한 건 기억난다. 많이 얘기해 줄 걸 그랬다. 머리를 밀어도, 아파 보여도, 그래도 엄마는 참 예쁘다고.

암센터 건물에서 본 그 아주머니의 손을 부여잡고 아주머니 참 예쁘시다고 말할 순 없는 노릇. 아주머니의 가족들이 이 말을 많이 해 주었으면 좋겠다.

'당신은 어쩜 머리를 밀어도 그렇게 예쁜가요.'

미처 몰랐죠 그대는 부끄러워하고 있지만
어쩜 그대는 뒤통수마저 그렇게 예쁜가요
머리카락이 없는 모습이 아직 낯설겠지만
그댄 여전히 아름다운 걸요

처음 그대가 아프단 이야기를 들었을 때는
많이 놀랐죠 하늘이 무너지는 것만 같았죠
하지만 그대 이거 하나만 잊지 말아줬으면
그댄 여전히 아름답다는 걸

참기 힘든 아픔 속에 눈물 날 땐 맘껏 울더라도
마음만은 무너지지 말기로 해

창문 밖으로 보이는 풍경 속에 내가 없단 게
화가 나나요 가끔은 눈물나게 슬퍼지겠죠
울어도 돼요 힘들 땐 내가 손을 잡아줄게요
우는 모습도 아름다운 그대

살아가며 겪게 되는 힘든 일이 한번에 왔나요
지나고 나면 행복할 일만 남았죠

아파도 예쁜 그대, 뒤통수도 예쁜 그대
힘든 시간을 견뎌줘서 고마워요
따뜻한 봄이 오면 예쁜 머리핀을 꽂고 나들이 가요
그럴 수 있고말고요 내가 장담해요

〈뒤통수가 예쁜 그대〉

국물보다 뜨거운 무엇

유명한 뮤지션이 될 줄 알았다. 그러나 대학교 졸업과 동시에 야심 차게 낸 첫 이피(EP: extended playing) 앨범은 데뷔작 대부분이 그러하듯 망했다는 소식조차 알려지지 못할 만큼 참담했다. 대학원에 가려 했으나 교수님들은 학부 졸업 성적 2.93의 낙제생을 한번에 받아주지 않았다. 불러 주는 데 없는 뮤지션, 대학원 재수생의 준말은 바로 백수. 아, 텔레비전에서나 보던 그 백수. 예명을 백수라고 지은 것을 후회했다.

어느 날 박지호 선생님으로부터 전화가 왔다. 그는 고등학교 때 내 영어 과외 선생님이자 형처럼 따르던 멘토였다. 놀고 있다는 말에 선생님은 당신이 종합반 팀장으로 있던 대형 학원에 나를 취직시켜 주었다. 나는 중 · 고등부 국어 강사가 되었다.

무대와 강단은 크게 다르지 않아서 강사 일이 적성에 맞을 거라 생각했다. 그러나 내가 꿈꾸던 공연의 관객과 강의실의 학생은 많이 달랐다. 부모님의 손에 이끌려 억지로 학원에 앉아 있는 아이들의 얼굴은 자꾸 뒤로 미뤄둔 내 꿈을 떠올리게 했다. 나는 사명감과 비전을 갖고 강의하는 동료 강사들과 달리 마지못해 출퇴근할 뿐이었다. 그럭저럭 벌었으나 허탈했다. 퇴근하는 밤마다 마음은 허무했고 배는 출출했다. 친구를 불러 술 한잔 하고 싶은 생각이 간절했으나, 경기도 용인에서 서울 강서구 염창동 우리 집에 돌아오면 이미 자정이었다. 그때 내게 유일한 위안을 주던 음식이 있었다. 다름 아닌 우동 한 그릇.

저녁이면 아파트 입구에 작은 트럭이 한 대 선다. 우동과 짜장면과 만두와 어묵을 파는 분홍색 스낵카는 새벽까지 불을 밝혔다. 독서실 다녀오는 학생들, 장사를 마친 중년 부부, 야근하고 돌아오는 고단한 직장인들에게 그 진한 국물 내음은 참기 어려운 유혹이다. 가격도 부담 없는 3천 원. 주인 내외가 잘 삶아진 면과 쑥갓 위에 뜨끈한 국물을 끼얹어 내면 혼자 온 이들은 말없이, 둘이 온 이들은 도란도란 하루를 나누며 한밤의 허기를 채운다. 나는 그들 틈에 서서 우동을 먹으며 다른 사람들 이야기를 듣는 게 좋았다. 늦은 저녁의 공복감보다, 이상과 멀어져가는 생활과 늦은 밤의 외로움을 조금이나마 달래 주었으니 말이다.

나는 1년 만에 학원을 그만두고 다시 음악을 시작했고 대학원에 입학했다. 차츰 불러 주는 무대가 생겼다. 머지않아 학위도 받게 될 테고. 강사 시절만큼 벌지는 못하지만 그래도 노래와 글로 밥벌이 하는 지금이 신기하고 즐거울 따름이다. 이제는 예전만큼 불안하고 외롭지 않다.

우동 트럭은 주인이 바뀌어 다른 부부가 꾸려가고 있다. 하지만 그 맛은 변하지 않았다. 그때만큼 간절하진 않지만 지금도 가끔 떠올라 들러보곤 한다. 여전히 욕심 없는 이들이 뜨거운 국물을 끓이고 있다. 늦은 밤 지갑을 회사에 두고 퇴근한 아가씨가 어묵 국물 조금 먹고 가도 되냐 물으면, 매일 보는 사이에 뭘 미안해하냐며 외상 우동을 푸짐하게 내주는 곳. 독서실에서 나온 수험생의 성적 고민에 처음 보는 대학생 형이 따뜻한 조언과 만두 한 판을 선물하는 곳. 아직도 서울에 그런 곳이 있다는 데 안도감마저 든다. 오늘도 술 약속이 있다. 겉도는 대화에 마음이 지치고, 며칠째 계속되는 술자리에 위장이 지치면 또 그곳에 가야지. 3천 원에 배부르고 서서 먹어도 마음 편한 그곳에.

육등급 詩

처음 만난 그 아이는 죄인처럼 고개를 푹 숙이고 있었다
안녕 내가 오늘부터 국어를 가르칠거야 반가워
아이는 고개만 끄덕끄덕
성적이 몇 등급이나 나오냐고 물었더니 말까지 더듬으며
유, 육등급이요 죄송해요

비 맞은 병아리는 뭐가 죄송하다는 건지 갑자기 사과를 하더니
책에 얼굴을 묻고 허겁지겁 활자를 쪼아 먹기 시작했다

출생의 비밀

엄마의 장례식이 잘 기억나지 않는다. 엄마를 보내던 그 밤 엄마에게 했던 마지막 말, 엄마의 이마에 내려앉던 처음 본 아버지의 입맞춤, 여동생의 흐느낌, 외삼촌의 오열, 엄마가 내뿜던 마지막 호흡. 내 기억은 거기까지. 장례식장을 찾아 준 많은 사람의 얼굴은 기억이 나는데, 그때 내가 어떤 모습이었는지, 어떤 기분이었는지 잘 모르겠다. 그만큼 비현실적으로 느꼈던 걸까. 너무 힘들어서 나도 모르게 삭제해 버린 걸까.

끊겼던 기억이 다시 이어졌다. 인천의 어느 절에서 발인을 마치고 집에 돌아오던 올림픽 대로, 나는 막내 고모와 둘이 차를 타고 있었다. 그때 나는 며칠 만에 웃었고 그 웃음으로부터 끊겼던 기억이 다시 이어졌다.

내 출생의 비밀을 알아버렸다. 영등포쯤 지날 때였나, 고모가 슬픈 표정으로 말했다.

"너희 아빠, 여기 지나면서 참 마음 안 좋겠다."

"왜?"

"너희 엄마 아빠 이 동네에서 결혼했어. 예식장이 여기 근처였는데."

아버지 생각하니 또 마음이 착잡했다. 그런데 다음 고모의 말이 충격적이었다.

"내가 그때 너 데리고 다니느라 얼마나 힘들었는데."

아니, 그게 무슨 말인가. 1986년도의 결혼식에 1987년생인 내가 어떻게 있을 수 있단 말인가. 아, 그동안 나는 속고 있었다. 우리 엄마 아버지는 1986년에 결혼식을 올리지 않았다. 나는 부모님이 속도위반을 한 산물이었으며, 두 분이 부부가 되도록 이어 준 큐피드였다.

나를 낳고 한참 후에, 내가 뛰어다닐 때쯤 두 분은 결혼식을 올렸다. 지금 같으면 하나도 부끄러운 일이 아니겠지만, 당시 엄마와 아버지는 당신들의 결혼식에 저만치 큰 아이와 함께하는 것이 부끄러우셨나 보다. 혹시나 내가 엄마와 아버지의 결혼식을 보고 기억할까 봐 두렵기도 하셨겠지.

당시 스무 살을 갓 넘긴 막내 고모가 나를 돌보는 담당이었다. 어렴풋이 떠오르는 장면이 있다. 고모가 나를 데리고 영등포에 가서 친구를 만났고, 햄버거를 먹었고, 손목시계를 사 주었다. 어쩐지…… 한창 노느라 바쁠 이십 대 초반의 고모가 나를 데리고 놀러 간 기억이 이상하다 싶기는 했다. 지친 고모가 결혼식 막바지에 나를 데리고 식장에 들어와 버렸고, 내가 식장을 활보하는 일이 벌어졌다고 한다.

화면에 엄마와 아버지가 나오는 게 신기해서 나는 부모님의 결혼식 비디오를 보는 게 좋았다. 그런데 엄마가 자꾸만 비디오를 꺼 버려서 의아했다. 그래서인지 화면 속 엄마 아버지는 기억이 안 나고 꽃과 나비가 날던 비디오의 도입부만 기억났다.

"야! 너 몰랐어? 이 얘기 들은 거 너네 아버지한테 절대 말하면 안 된다!"

출생의 비밀을 알고 나자 웃음이 터졌다. 당황한 고모의 표정에 나도 모르게 박장대소가 터졌다. 고모도, 아버지도, 돌아가신 어머니도 너무나 귀여워서. 몇 년 뒤 어느 날 성인이 된 동생과 술잔을 기울이게 되었을 때 그 얘기를 해 주었더니 동생도 그때의 나처럼 낄낄대며 웃었다. 그동안 아버지는 우리가 그 사실을 안다는 걸 모르셨다.

지난해였나, 오랜만에 집에 사촌 누나들이 놀러 왔다. 아버지와 동생과 다 같이 술을 마시다가 아버지께 고백할 것이 있노라고 말씀을 드렸다. 내가 알고 있는 비밀을 말씀드렸더니, 아버지는 몹시 당황하시면서 "강인경이 이 기집애가!"하며 애꿎은 고모를 탓하셨다. 아버지의 핑계는 원래 결혼이 계획되어 있었고 그 과정에서 내가 태어났다는 얘기였는데, 뭐 나는 반만 믿기로 했다. 아버지는 내가 태어났을 때 의 이야기를 하나 더 들려주셨다.

만삭의 엄마는, 그러니까 아직 아버지의 아내가 아니었던 엄마는, 지금은 울산이 된 울주군의 친정집에 내려가서 나를 낳으셨다. 내가 태어난 지 한 달쯤 되던 날, 수원에 작은 신혼 방을 마련해 두신 아버지가 엄마와 나를 데리러 오셨다. 당시 아버지의 차는 낡은 포니 자동차. 아직 얼음이 녹지 않은 3월, 고속도로를 달리는데 자동차 히터가 고장 났다. 엄마와 아버지는 포대기와 담요, 모든 옷가지를 동원해서 나를 싸맸지만, 태어난 지 한 달 된 핏덩이였던 나는 자꾸 바들바들 떨었다. 고속도로 휴게소가 나올 때마다 휴게소 라디에이터에다 내 언 몸을 녹이고, 또 달리다 얼면 녹이고를 반복하며 열 시간 넘게 걸려 수원에 도착했다. 아버지는 그때 일로 내가 조금 이상해 진 게 아닐까 생각한다고 하셨다.

심적으로도, 경제적으로도 전혀 준비되지 않은 상황에서 내 존재를 알았을 때 스물일곱 살의 엄마와 서른한 살의 아버지는 얼마나 당황하셨을까. 얼마나 두려우셨을까. 그래도 두 분의 결단으로 내가 태어났고, 그 시절 이야기는 엄마가 돌아가신 후에도 웃으며 나눌 수 있는 소중한 추억이 되었다. 나는 또 그 시절의 엄마 나이가 되어 이렇게 글을 쓰고 있다. 쓰면서도 계속 얼굴에는 미소가 번지고 가슴은 아련하다. 27년 전 젊은 연인이었던 엄마와 아버지의 용기에 새삼 감사하다.

가수가 판검사를 어떻게 이겨

스물다섯 살 때 어느 새벽. 오랜만에 만난 친구 영신이와 술을 마셨다. 그동안 어떻게 지냈는지 이야기를 나누다 그녀 얘기가 나왔다.

"너 그거 알아? 걔 사법고시 붙었더라."

순간 나도 모르게 한숨 섞인 욕이 나왔다. 아마도 나를 향한. 항상 그녀를 생각했던 건 아니지만, 어쩌다 그녀 생각이 날 때마다 나는 적어도 그녀보다는 잘살 거라고 마음을 다잡곤 했다. 그런데 사법고시에 붙었다니.

영신이와 그녀, 그리고 나는 고등학교 1학년이 끝나고 2학년에 올라갈 무렵 같은 학원에 다녔다. 우리 학원은 성적순으로 A반과 B반으로 나누었다. 중학교 때 공부를 잘했던 나는 당시 한창 사춘기였고 하헌재의 꾐으로 밴드까지 시작하며 성적이 곤두박질치던 중이었다. 그래도 다행히 A반에 들어갔다. 영신이가 A반 꼴찌였고 내가 뒤에서 2등이었다.

그녀는 우리 동네 한 여고의 전교 1등이었다. 학교는 물론이고 우리 학원에서도 장학생으로 선정되어 학원비를 면제받았으며, 순진한 눈망울과 뽀얀 피부까지 갖추어 학원 선생님들의 사랑을 독차지하는 아이였다. 그녀는 반항심으로 가득 찬 나와 전혀 다른 세계에 사는 사람처럼 보였다.

그때는 무엇보다 여자 친구가 필요했다. 그녀를 사귀면 왠지 우쭐할 것 같아서 그녀에게 반했다. 아니, 그러기로 정했다. 용기 내어 휴대폰 번호를 받았다. 그러고는 지금 쓰고 있는 이 글보다 훨씬 심혈을 기울여 문자메시지를 보냈다. 며칠이 지났을까, 그녀는 내 여자 친구가 되었다.

그러나 고등학교 2학년 애들이, 더군다나 한쪽은 전교 1등인데 무슨 시간이 있고 돈이 있어 열렬히 연애하고 데이트를 하겠는가. 여자 친구가 생겼다는 것을 실감할 방법은 오로지 남들에게 자랑하고 우쭐대는 일뿐이었다. 조금 지나자 학원에서는 나와 그녀가 사귄다는 소문이 아주 떠들썩하게 났다. 머지않아 소문은 학원 선생님들의 귀에 들어갔고, 그녀의 어머니에게도 전해졌다.

A반 뒤에서 2등인데다 반항기 넘치는 나와, 학원의 마스코트이자 희망인 그녀가 사귄다는 사실을 학원 선생님들이 달갑게 여길 리 없었다. 기존 월 · 수 · 금요일에 수업하던 A반과 화 · 목 · 토요일에 수업하던 B반 외에 '○○고등학교 특별반'을 만들었다. 우리를 떼어 놓기 위해. 그녀의 어머니에게도 좋은 얘기가 들어갔을 리 만무했다. 그녀는 그녀대로 집에서 시달렸을 거다.

겨우 20일 남짓한 풋사랑은 그렇게 막을 내렸다. 그녀가 내게 헤어지자고 말하던 날, 그녀도 울고 나도 울었다. 아마 그녀는 미안해서 울었을 거고 나는 자존심이 상해서 울었다. 사실 그 짧은 풋사랑의 끝이 슬퍼 봐야 얼마나 슬프겠는가. 그까짓 공부가 뭐라고 이런 수모를 겪어야 하는가 하는 생각이 들어 서러웠다.

공부로 그녀를 이기고 싶었다. 무조건 그녀보다는 좋은 대학에 가야겠다고 생각했다. 엄마를 졸라 학원을 그만두고 집안 형편에 무리였지만 고액 과외를 받기 시작했다. 나름대로 열심히 공부했다. 이런 수모를 다시는 겪고 싶지 않았다. 그러다 3학년이 되었고 우연인지 운명인지 나와 그녀는 같은 대학에 지원했다. 사실 영신이가 지원했다고 해서 호기심에 지원했는데, 그녀도 같은 전형에 응시했다는 것이다. 경쟁률은 수십 대 일에 육박했고, 나는 놀랍게도 합격했다. 그녀도 합격했을까 싶어 설레는 마음으로 영신이에게 그녀의 합격 여부를 알아보라고 했다. 결과는 충격적이었다. 그녀는 전체 수석으로 합격했지만 전액 장학금을 차 버리고 좀 더 좋은 대학의 법학과에 장학생으로 입학했다. 나는 또다시 졌다. 하지만 조금은 그녀와의 차이를 좁힌 것 같아 안도감이 들었다. 인생은 길기에 그녀보다 사회적으로 더 성공할 가능성은 남아 있다고 생각했다.

대학에 입학해서 신 나게 놀았다. 정신없이 놀다 보니 나는 이름 없고 스케줄도 없는 음악가가 되었고, 그녀를 잊고 지냈다. 그러다 그녀가 사법연수원에 들어갔다는 이야기를 들었다. 이번에는 헛웃음이 났다. 나의 완패! 사회적 기준에서 판검사를 이길 수가 없다. 어느 음악가가 법조인을 만나 결혼을 한다고 가정하자. 누가 음악가를 아깝다고 하겠는가. 그렇다고 이제 와서 내가 그녀를 따라잡자고 고시를 볼 수도 없는 노릇. 완패를 인정할 수밖에 없었다. 울적해서 술을 잔뜩 퍼부었다. 어떻게 잠들었는지도 몰랐다.

다음날 숙취에 휩싸여 깨어났다. 오후 늦게 일어나 대충 속을 풀고 빈둥대다가 홍대 놀이터로 나섰다. 친구를 불러 벤치에 앉아 해장술을 핑계로 막걸리를 마시는데 하늘이 참 파랬다. 가을바람도 상쾌했고. 놀이터 여기저기서 기타 치는 사람들과 자전거 타는 사람들…… 알딸딸한 눈에 비친 세상이 몽롱하고 예뻤다. 잠시 눈을 감고 바람을 맞는데 문득 행복하다는 생각이 들었다.

바로 얼마 전까지 나는 학원 강사였다. 음악을 한다고 일을 그만두어 경제적으로 불안해졌지만, 이런 행복을 느낄 수 있는 지금 이 순간이 얼마나 값진가. 삶은 선택의 연속. 나는 결과적으로 이렇게 될 거라는 걸 알았기에 기꺼이 지금 모습을 선택했다. 경제적 안정보다는, 늦은 오후에 가을바람 쐬면서 술 한 잔 걸칠 수 있는 삶이 더 괜찮아 보였기 때문이다. 그녀 생각이 났다. 사회적으로 나보다 더 성공한 그녀를 생각하면 분명 배가 아프지만, 그렇다고 내 인생이 그녀보다 마냥 못하기만 한 걸까? 더 이상의 부질없는 질투는 안정적인 생활 대신 손에 쥔 막걸리 한 잔의 알싸함과, 불안을 감내하고라도 누리고 싶었던 가을 오후의 한가로움을 방해할 뿐이었다. 괜히 술맛 떨어지는 생각을 하느라 이마저도 온전히 즐길 수 없다면 내 삶은 의미 없는 것이 되어 버린다.

나는 그녀를 이길 수 없다. 변하지 않는 사실이다. 그러나 그것은 내가 그녀보다 못나서가 아니라 그녀와 내 인생을 비교하는 게 무의미하기 때문이다. 그렇게 받아들이고 나니 마음이 편했다. 누구도 그런 비교를 내게 강요한 적이 없지 않은가. 이제는 그녀에 대한 이야기를 노래로 지어 부르고, 대중 앞에서 웃으며 이야기할 수도 있게 되었다. 모든 사람이 판사나 검사가 될 수는 없는 법. 그녀는 법조인, 나는 딴따라. 각자 길을 올곧게 걸어가면 그만이다.

얼마 전 SNS를 하다가 그녀가 내 소식을 보고 있다는 사실을 알았다. 내가 지어 부른 그녀의 이야기에 '좋아요' 버튼을 누른 것이다. 어쩌면 이 글도 읽고 있을지 모른다. 이제는 그녀에게 웃으며 내 안부를 전할 수 있을 것 같다. 내 삶을 과거로 되돌려 그녀를 이기고 싶었지만, 사실은 지금처럼 살고 싶은 열망이 강했기에 지금의 모습으로 오는 길을 선택해 왔다. 이제는 그녀의 인생도, 내 인생도 참 멋있다고 생각한다.

주변 사람들의 반대로 네가 날 떠나갈 때
난 다짐했지 너보다는 잘 살 거라고
시간이 흐르고 돌이켜보면
'그때 그 앨 잡았어야 했는데'라고 생각하도록

몇 해가 지나고 우연히 찾은 옛 동네
네가 다니던 여고 앞을 지나가는데
교문에 플래카드, 낯 익은 이름
사법고시 합격을 축하합니다

가수가 판검사를 어떻게 이겨
가수가 판검사를 어떻게 이겨
내가 장기하를 이겨도, 내가 이승기를 이겨도
넘을 수 없는 벽이 있는 걸

내가 지금부터 공부해서 사법고시를 붙어도
널 이길 수는 없겠지 호봉이 네가 높잖아

가수가 판검사를 어떻게 이겨
가수가 판검사를 어떻게 이겨
내가 장기하를 이겨도, 내가 이승기를 이겨도
넘을 수 없는 벽이 있는 걸

〈벽〉

오픈 마이크, 오픈 마인드

어느 주말, 이대역 헬로APM 5층 웨딩홀에서 결혼식 축가를 불렀다. 노래를 부르고, 뷔페 음식을 먹고, 적지 않은 액수의 현금이 들어있는 봉투를 받아 들고 나오니 눈에 들어오는 익숙한 광장. 문득 감개무량한 생각이 들었다. 3년 전 그 광장에서 나는 마이크도 없이 노래를 부르곤 했다. 3만 원에 감격하며 노래를 부르던 내가 이제는 노래 두 곡에 밥도 얻어먹고 돈 봉투도 받게 되었구나. 지난 시간들이 마치 광장에서 5층 웨딩홀까지 엉금엉금 기어 올라간 여정 같이 느껴졌다.

2010년 여름, 학생들의 방학을 맞아 출강하던 학원 시간이 오전으로 옮겨졌다. 저녁 시간의 자유를 얻자마자 나는 대학 동기 조씨와 '백수와 조씨'라는 2인조를 결성했다. 원래 내가 해 오던 공연에 조씨가 하모니카와 퍼커션 연주를 보태는 형식이었는데, 언제부턴가 활동 방향과 창작에 있어서 내가 조씨에게 의지하는 부분이 생겼다. 그래서 이럴 바엔 차라리 2인조로 활동하자는 취지였다. 우리는 홍대 앞에서 제일 잘나가는 밴드까지는 아니더라도 이름만 대면 알 만한, 입지가 확고한 팀이 될 것을 결의했다.

그 무렵 내게 유일하게 무대를 내주던 '쏘울언더그라운드'가 잠시 휴업에 들어갔다. 호기롭게 팀을 결성했는데 승승장구는커녕 당장 공연할 무대조차 없었다. 수소문 끝에 공연자를 모집한다는 이대 근처 한 카페를 찾았지만, 그곳도 재정난에 허덕였다. 더는 카페를 운영할 수 없게 됐다는 얘길 듣고 악기를 든 채 거리로 나와 잠시 걸으니 그 광장이 보였다. 더위를 피해 캔 맥주를 마시고 있는 사람들과 그 앞에 가로등 하나. 가로등 불빛이 마치 스포트라이트처럼 보였다.

무슨 까닭이었을까. 나는 거기서 공연을 하지 않으면 도무지 직성이 풀리지 않을 것 같았다. 조씨에게 저기서 연습 삼아 연주해 보자고 제안했다. 그는 당황했지만 내 성화를 못 이기고 악기를 풀었다. 그날 우리는 약 한 시간에 걸쳐 음악과 환호 소리로 광장을 가득 채웠다. 이날부터 그곳은 우리의 직장이자 놀이터가 되었다. 처음 공연했던 그날처럼 늘 사람이 많지는 않았다. 어떤 날에는 두세 명의 관객을 두고 공연하기도 했다. 관객이 많을지 적을지 전혀 예측할 수 없었다.

그러나 버스킹(거리 공연을 일컫는 말)의 매력은 바로 그 예측 불가능성이다. 간혹 취객이 행패를 부리거나, 걸인들이 공연을 방해하는 등의 난관에도 부딪혔다. 그래도 홍대에서 버스킹을 하고 있는데 이대에서 우릴 봤다는 사람을 마주친다거나, 연주 중에 갑자기 누군가 달려 나와 춤을 춘다거나, 처음 만난 뮤지션과 즉흥적으로 협연하기도 하는, 생각지 못한 즐거움이 있었다.

버스킹의 매력에서 도저히 헤어나올 수 없었다. 우리는 이대 앞 광장뿐 아니라 홍대 놀이터, 대학로 마로니에공원 등을 누비며 연주했다. 무명 악사들의 음악에 귀 기울여주는 사람들의 열린 마음과 열린 공간. 그게 바로 버스킹을 계속 해 나가는 원동력이었다.

문제는 생각지 못한 곳에서 발생했다. 바람이 차가워지고 있었다. 겨울이 오면 기타치는 손도 얼고, 악기도 손상되기 쉬워 버스킹을 계속 하기 힘들었다. 그렇다고 날이 풀릴 때까지 공연을 쉴 수도 없는 노릇. 공연 때문에 일주일 내내 하던 학원 강의도 4일로 줄여 놓은 상황이었다. 우선 우리 같은 풋내기도 설 수 있는 실내 공연장을 찾아야 했다. 얼마 후 조씨가 좋은 곳을 찾아냈다.

옛날에는 홍대 앞 클럽에서 공연을 하려면 오디션을 봐야 했다.

그러나 오디션 프로그램 열풍 탓인지, 폭증하는 오디션 지원자를 감당하기 어려워진 클럽들은 새로운 제도를 만들었다. 이름하여 '오픈마이크'. 일주일에 하루, 관객이 상대적으로 적은 평일에 클럽 무대를 오픈하고, 신청자들에 한하여 선착순으로 몇 팀에게 무대를 내주었다. 그중에 두각을 나타내는 팀들은 클럽의 주말 기획 공연에도 참여할 수 있었다. 이러한 제도를 시행하던 '살롱 바다비'에 대한 정보를 조씨가 가져왔다.

오픈 마이크 모집 공고가 올라오면 신인 뮤지션들은 마치 대학교 수강 신청하는 날 인기 강좌를 신청하듯 앞다투어 글을 올렸다. 그러나 감사하게도 인터넷광인 조씨에게 그건 큰 문제가 아니었다. 우리는 살롱 바다비를 시작으로 오픈 마이크가 열린다는 거의 모든 공간에 공연을 신청했다.

길에서 공연하다가 실내에서 하려니 처음에는 괜히 어색했다. 기타의 피킹, 노래의 피치 하나하나가 섬세하게 들리는 사운드 시스템도 낯설었고 또 지나가다 잠시 걸음을 멈추고 듣는 게 아니라 두 귀를 쫑긋 세우고 경청하는 관객도 낯설었다. 음악에 대한 공부 없이 무작정 거리로 나간 우리는 다른 뮤지션들의 정교한 음악에 주눅들기도 했다. 다행히 우리에게는 우리만의 무기가 있었다. 거리에서 갈고닦은 철면피. 공연장에 오는 사람들은 애초부터 공연을 보기 위해 찾아오는 사람들 아닌가. 그에 반해 우리가 쭉 해오던 공연은 지나가는 사람들이 발걸음을 멈추고 음악에 빠져들도록 해야 했다. 그러니 어디서든 부끄러울 일도 불편할 일도 없었다. 무대와 객석을 구분 짓던 낮은 단은 무시하고, 거리에서 그랬듯 낯선 사람들에게 말을 걸듯 노래했다.

오픈 마이크 공연을 시작하고는 또 다른 재미가 생겼다. 바로 다른 뮤지션과의 교류 그날 공연에 참여한 뮤지션 모두 신인들이어서 공감대를 찾기 쉬웠다. 공연이 끝나고 허름한 술집에 모여 서로 음악에 대한 조언을 나누기도 하고, 각자의 야망을 이야기하기도 하며 때론 신세 한탄을 하기도 했다. 그러다 누군가 기타를 꺼내면 차례대로 노래를 들려주며 밤을 지새우고 아침 해가 떠오르고야 귀가하곤 했다.

그때 나는 이런 말을 했었다. 누가 나한테 한 달에 100만 원만 주면 죽을 때까지 음악만 하고 살 수 있겠다고. 팍팍하게 참가 신청을 하지 않아도, 나를 불러 주는 무대가 한 달에 몇 군데만 있어도 소원이 없을 것 같다고.

우리가 바라는 것은 부귀영화 같은 게 아니라 그렇게 소박한 것들이었다. 이 낭만을 덮고 있는 미래에 대한 불안만 걷어낼 수 있다면, 아등바등하지 않고도 마음껏 노래하고 살 수 있다면, 그걸로 충분하다고 생각했다.

지금 그 시절을 함께하던 친구들 중 어떤 이들은 승승장구하고 있고, 어떤 이들은 여전히 힘들게 음악을 하고 있으며, 어떤 이들은 아쉽게도 음악을 접었다. 여전히 삶은 팍팍하지만 어쨌거나 나는 아직 음악을 하고 있다. 앨범을 냈고, 내 음악을 좋아하는 사람들도 분에 넘칠 정도로 많이 만났다. 좋은 동료들과 소속사를 만나 응원을 받으며 그토록 원하던 무대에 1년에 100번 이상 서고 있다. 다른 일을 하지 않아도 사치만 부리지 않으면 밥도 먹고 술도 먹을 수 있다. 설령 밥 먹을 돈 술 먹을 돈이 없는 날이라 하더라도, 선뜻 내게 국밥 한 그릇 소주 한 병 사 줄 수 있는 좋은 친구들도 만났다.

갈 길은 아직도 멀고 부족한 것도 많고 더 갖고 싶은 마음은 끝이 없고…… 이 얼마나 꿈꿔 마지않던 오늘인가! 청명한 가을 하늘 아래 바로 몇 년 전 노래하던 그 광장에서 왈칵 눈물이 날 것 같았다. 1년 365일이 늘 요즘처럼 청명하기만 할 수는 없는 법. 비 오고 바람 불듯 여전히 속상한 일들과 조급한 마음은 피하지 못하지만, 이 얼마나 고마운 오늘인가! 얼마나 고마운 이들이 많은가! 내게 선뜻 마음을 열어 준 거리의 관객들과, 나에게 공연을 허락해 준 열린 무대들에 대한 감사함을 잊지 않기로 다시 한번 다짐했다.

그때보다 훨씬 많은 후발 뮤지션들이 거리에서나 그들에게 허락

된 작은 무대에서 각자의 꿈을 품고 있는 요즘. 나에게도 그들에게도 오늘보다 조금 더 나은 내일이 있기를 바란다.

즐거운 재택근무 詩

집에 누워 있으면 돈이 굳는다
교통카드도 돈 김치찌개도 돈
커피 영화 책 술 물 껌 사람

빠듯한 생활비
그대를 만나면 커피 아니면 술
나는 오늘 집에 가만히 누워
그대를 한번 만날 기회 팔아 푼돈 벌었다
내일은 또 누군가와의 만남을 팔고
모레는 영화를 한 편 팔아 볼까
패밀리 레스토랑을 팔고

유원지를 팔고
서해 바다를 팔아도
집에 누워만 있어도 팔 것은 무궁무진
이거야말로 거저먹는 장사

침대 위의 기타연주
찬장 속의 짜파게티
불법 다운로드 받은 최신 영화
거저 얻은 친구와의 전화 통화
오늘 하루 아무리 누려도 통장 잔고는 그대로

수입 없는 남자의 유일한 낙원에서
수입이 생기는 그날까지
나는 대문 밖의 모든 기회들을 매물로 내놓고
이 거저먹는 장사를 계속해야 한다
권태는 덤이다

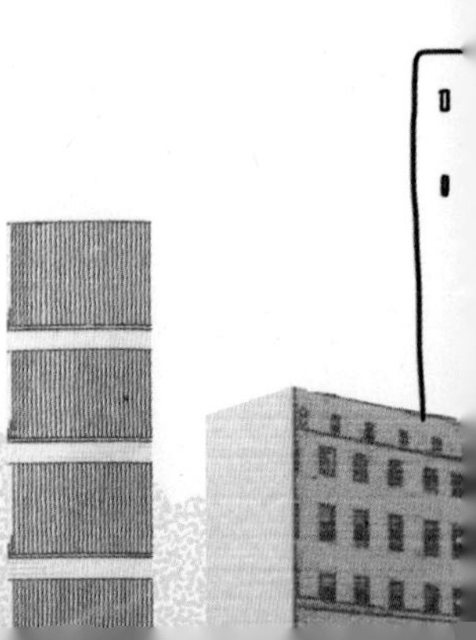

그랜드 민구 페스티벌

2011년 여름, '백수와 조씨'의 EP 앨범을 발매했을 때에는 정말 그 앨범으로 우리가 승승장구할 거라고 생각했다. 각종 음원 차트를 점령하고, 텔레비전에도 출연하며, 지금으로 치면 '장기하와 얼굴들'이나 '장미여관' 정도로 유명해질 거라 생각했다. 생각해보면 무슨 자신감으로 그런 생각을 한 건지 모르겠다. 당시 우리가 발표했던 음원은 지금 들어보면 조악하기 짝이 없는 민망한 것들이었다.

대규모 음악 페스티벌에서 메인 스테이지가 아니더라도 작은 무대나마 주어졌으면 하는 바람이 있었다. 하지만 그해 여름 열린 어떤 페스티벌의 라인업에도 우리 이름은 없었다. 나는 결심했다. 페스티벌에서 정식으로 섭외 요청이 오기 전까지 절대로 구경 가지 않기로. 친구들에게도 이러한 다짐을 공공연히 말하고 다녔다.

그러다 슬슬 후회됐다. 가을철에 열리는 페스티벌인 '그랜드 민트 페스티벌'의 라인업이 공개되면서, 나도 놀러 가고 싶어졌다. 그러나 남아일언중천금이라 했다. 자존심 때문에 갈 수 없었다. 우리의 뮤직비디오를 찍어 준 독립 영화감독 창용이 형과 그런 이야기를 나누면서 술을 먹다가 "젠장, 이거 내가 페스티벌을 만들든지 해야지."라고 푸념을 했는데 그때 형과 눈이 딱 마주쳤다.

"그거 괜찮네!"

그 자리에서 주변의 똘끼 충만한 친구들을 수소문했다. 그렇게 모인 사람들은 내 파트너 조씨, 종종 같이 공연한 인디 뮤지션 장포크, 창용이 형의 파트너인 재의, 재의 친구 세주, 대학 후배인 민채와 민지, 그리고 홍대 놀이터에서 칵테일 노점을 하던 준연이 형 등 총 8명. 이른바 '그랜드 민구 페스티벌 조직위원회'를 발족했다. 그들에게 축제를 함께 만들자고 제안하며 우리가 내민 카드는 단 하나였다.

"재미있을 거야!"

우리의 모토는 정말 단 하나, '재미'였다. 축제를 통해 수익을 내려고 하면 우리 스스로 충분한 재미를 느낄 수 없을 게 뻔했다. 입장료가 없어야 더 많은 사람이 구경 올 테고, 사람이 많아야 신이 날 테니 입장료도 책정하지 않았다. 처음에는 사회적인 메시지라든가 공익적인 성과 같은 의미도 담아 보려 했다. 하지만 그런 것들도 결국 포기하고 그저 하루 흐드러지게 놀자는 목적으로 페스티벌을 만들었다.

준비 과정은 순탄치 못했다. 장소 섭외도 어려웠고, 가벼운 주머니 사정에 수익성 없는 행사를 개최하려니 각종 장비를 공수하기도 쉽지 않았다. 스폰서라도 받아 보려 했으나 번번이 거절당했다. 뛰어 보려고 손수 그린 포스터 수십 장도 붙인 다음 날 떼어 가고, 또 붙여 놓으면 다음 날 사라지고. 설상가상으로 행사 당일에는 비 소식까지 있었다. 뭐 하나 뜻대로 되는 게 없었다.

그러나 열심히 발로 뛴 덕에 마포구청으로부터 홍대 입구 '걷고 싶은 거리'의 작은 나무 무대 광장의 사용 허가를 받았고, 상인회로부터 음향 장비까지 무상으로 대여했다. 실력 있는 동료 뮤지션들도 아홉 팀이나 출연 의사를 밝혀 주었고, 심지어 '그랜드 민트 페스티벌' 측으로부터 '그랜드 민구 페스티벌'이라는 이름의 사용 허가까지 받았다.

행사 당일인 2011년 11월 5일. 강수 확률 80퍼센트라던 그날의 날씨는 맑음. 기온은 무려 영상 25도. 색색의 종이로 어설프게 치장한 무대에 아홉 팀의 개성 강한 뮤지션들이 차례로 올랐다. 낮에는 따뜻한 포크 싱어를, 밤에는 신 나는 밴드들 위주로 배치했다. 그리 많이 알려지지 않은 뮤지션들이었지만 각자의 색깔을 유감없이 드러냈다. 광장 한쪽에서는 뮤지션들의 CD를 팔았고 준연이 형의 칵테일 노점은 이따금 불 쇼를 선보였다. 행사가 끝날 때까지 적을 때는 수십, 많을 때는 수백 명의 사람이 자리를 깔고 앉았다. 다들 칵테일 한 잔씩 들고 갑작스레 따뜻해진 날씨만큼이나 뜻밖이었던, 정체 모를 축제를 한껏 즐겼다.

2개월 동안 준비하고 하루 만에 끝난 짧은 축제에서 약속대로 우리는 아무런 수익도 내지 않았다. 다만 가슴에 잊지 못할 추억들을 하나씩 남겼다. 언젠가 정말로 내가 '그랜드 민트 페스티벌'이나 아니면 그보다 더 큰 축제의 메인 스테이지에 설 날이 있으리라는 믿음과 함께. 혹 내가 그런 무대에 익숙해지는 날이 오더라도 그날 우리가 만든 특별한 무대는 잊을 수 없을 것이다.

그날 우리가 배운 건 간단하다. 무대가 없으면 만들면 된다는 것. 축제가 필요하면 축제를 열면 된다는 것. 일상이 무료하다면 그 일상을 스스로 뒤흔들어 버리면 된다는 것. 그렇게 우리끼리 즐거우면 된다는 것.

친구여 고개를 떨구지 마오 지나간 일 걱정마오
주사위 우리의 손을 떠났소 그저 오늘을 즐기세
행운의 여신 그 망할 년이 또다시 뒤통수를 치지만
그래도 내 곁엔 그대와 같은 좋은 사람들이 있다네

노래를 부르고 춤을 추기에도 시간은 넉넉잖은데
어제도 내일도 생각지 마오 흐드러지게 놀아보세
승리의 여신 그 망할 년이 또다시 뒤통수를 치지만
그래도 내 곁엔 그대와 같은 좋은 사람들이 있다네

어차피 인생은 한바탕 축제 같은 것
청춘은 비록 짧지만 축제는 계속되리라

〈페스티벌〉

갈림길

노란 숲 속에 길이 두 갈래로 났었습니다.
나는 두 길을 다 가지 못하는 것을 안타깝게 생각하면서,
오랫동안 서서 한 길이 굽어 꺾여 내려간 데까지,
바라다볼 수 있는 데까지 멀리 바라다보았습니다.

그리고, 똑같이 아름다운 다른 길을 택했습니다.
그 길에는 풀이 더 있고 사람이 걸은 자취가 적어,
아마 더 걸어야 될 길이라고 나는 생각했었던 게지요.
그 길을 걸으므로, 그 길도 거의 같아질 것이지만.

그 날 아침 두 길에는
낙엽을 밟은 자취는 없었습니다.
아, 나는 다음 날을 위하여 한 길은 남겨 두었습니다.
길은 길에 연하여 끝없으므로

내가 다시 돌아올 것을 의심하면서…….

훗날에 훗날에 나는 어디선가
한숨을 쉬며 이야기할 것입니다.
숲 속에 두 갈래 길이 있었다고,
나는 사람이 적게 간 길을 택하였다고,
그리고 그것 때문에 모든 것이 달라졌다고.

—「가지 않은 길」, 프로스트, 피천득 옮김.

꿈의 몰개연성에 놀랄 때가 있다. 지난밤 꿈에서 개그맨 엄용수 씨가 내게 아이유 전화번호를 얻어 줄 수 있느냐고 물었다. 나는 평소 친한 동생인 아이유의 전화번호를 그에게 넘겼고, 그는 고맙다며 내게 3천 달러를 주었다.

마치 장자의 '호접지몽' 같은 얘기지만 꿈이라는 게 어쩌면 허투루 꾸는 게 아닐지도 모른다. 다른 차원에서는 정말로 엄용수 씨가 내게서 건네받은 아이유의 전화번호를 두고 설레어 밤잠 못 이루었을지도 모른다. 또 어느 차원에서는 정말로 외계인이 지구를 침공하여 내 가족들을 포함한 모든 인류를 몰살하여, 내가 최후의 지구인이 되어 외계 놈들의 실험 대상으로 시험관에 갇혀 있을지도 모를 일이다. 꿈이라는 통로를 통해 그 차원과 이 차원을 오가는 것.

왜 그런지 도저히 알 수 없는 일도 있었다. 어떤 여자애와 이별하는 꿈을 꾼 사춘기 시절 어느 날엔 다음 날 그 여자애를 종일 멍하니 바라봤더랬다. 어느 차원에선 그 여자애가 내 여자 친구였을 수도 있고, 또 다른 차원에서는 그 사랑이 이루어졌을지도 모르는 일이다.

꿈뿐만 아니다. 우리의 가정이나 상상도, 그러니까 우리의 머릿속에서만 존재한다고 생각하는 그 어떤 일들이, 실제로 다른 차원에서 일어나는 일일지도 모른다고 종종 생각한다. 시간과 공간이 무한하듯 차원의 개수도 무한하다면 말이다.

여기가 아닌 다른 차원에서 나는 어쩌면 2004년 10월 15일 여행을 떠나지 않았을지도 모른다. 지금도 내 인생에서 가장 아름다웠던 여행으로 꼽을 만한 그 여행 말이다. 동시에 그 여행을 떠났던 것은 내가 살면서 가장 후회하는 일이기도 하다.

고등학교 3학년 여름, 남보다 먼저 대학에 붙었다. 공부를 안 해도 되는 상황은 상상해 본 적도 없었기에 갑자기 찾아온 자유가 당혹스러웠다. 할 일이 없었고 무엇보다 같이 놀 친구가 없어 외로웠다. 그러다 찾아낸 것이 '2004년 한양대학교 수시 모집 합격자 카페'였다. 그곳에서 나와 같은 처지의 친구들과 일주일에 여섯 번 정도 만나며 대학생 흉내를 냈다. 괜히 입학하지도 않은 학교 앞 술집에서 술을 마셨다. 그 안에서 캠퍼스 커플도 몇 쌍 생겼다.

제대로 대학생 흉내를 내기 위해서는 무엇보다 엠티를 가야 했다. 날씨가 좋던 10월, 우리는 정말로 엠티를 떠났다. 열 명 조금 넘는 인원이 향한 곳은 인천 앞바다의 '무의도'라는 섬. 동인천까지 지하철을 타고, 동인천에서 버스를 타고, 선착장에서 배를 타고 바다 구경, 갈매기 구경을 하면서 설레는 마음으로 민박집에 도착했다. 일찍부터 고기를 구워 먹고 술을 마셨다. 다들 술이 서툴러서 금세 취하고 말았다. 밤새 바닷가 모래사장에서 파도 소리를 들으며 의미도 없고 의도도 없는 농담을 던지고, 터지는 폭죽을 보며 다가올 이십 대에 대한 기대감에 내 가슴도 터질 것만 같았다.

어떻게 잠들었는지도 모른 채 다들 잠이 들었고, 일어나 라면으로 해장하고는 다시 바닷가로 갔다. 물놀이를 할 심산이었지만 썰물 때라 온통 뻘밭이었다. 우리는 거기서도 재미있게 놀았다. 영화 〈실미도〉 촬영지와 가까웠던 그곳엔 영화 속 특수요원들이 훈련하던 곳과 흡사한 뻘밭이 펼쳐져 있었다. 남자 여자 할 것 없이 서로 얼굴에 진흙을 바르고 뻘밭에서 데굴데굴 굴렀다. 최소한의 예쁜 척과 체면을 생각하는 지금이라면 절대 할 수 없는 일이었다.

지친 나머지 하루를 더 묵기로 했다. 라면에 소주를 먹으며 스무 살 서른 살이 되어도 우리의 우정이 변치 않을 것을 다짐했다. 모두가 지금까지 연락을 주고받지는 않지만, 이따금 다른 친구들도 그 날 뻘밭에서 진흙투성이가 되어 인간 탑을 쌓고 찍은 사진을 보며 웃음을 지으리라 생각한다.

문제는 그때가 엄마가 돌아가시기 보름 정도 전이었다는 사실이다. 1945년 7월에 우리나라 사람들이 다음 달에 해방이 오리라는 것을 몰랐듯, 1950년 5월에 다음 달 바로 전쟁이 나리라는 것을 몰랐듯, 엄마의 죽음이 그리 멀지 않았을 거라 생각은 했지만 설마 그렇게 가까이 도사리고 있으리라 생각하지 못했다.

엄마는 아셨던 것 같다. 내가 속을 썩이던 많은 순간에 엄마의 눈물을 보았지만 그렇게 서럽게 우시던 모습을 처음 봤다.

"엄마가 이렇게 아픈데 너는 어떻게 놀러 다닐 생각이 드니. 너는 엄마가 죽든 말든 상관없어?"

나는 오히려 엄마에게 더 화를 내고 말았다.

"엄마가 아프면 아들은 어쩌다 친구들이랑 놀러 가는 것도 못해? 엄마 아픈 게 어디 하루 이틀 일이야?"

오랫동안 엄마가 아픈 것에 대한 서러움이 물밀 듯 몰려왔고, 그렇게 죽음을 입에 올리는 엄마가 미웠다. 그런데 바로 며칠 후부터 엄마의 상태가 급격히 나빠졌다.

엄마가 돌아가시기 사흘 전, 강한 마취약에 정신은 혼미했지만 그래도 몸을 움직일 수 있었을 때, 엄마 곁을 밤새도록 지키며 간호를 했던 날이 없었더라면 나는 아직도 엄마에게 그렇게 화낸 것을 가슴치고 후회할 지도 모른다. 그 와중에도 엄마가 내게 고맙다고 하셔서, 우리는 화난 채로 이별하지는 않았다. 그럼에도 나는 후회한다. 비록 몰랐다고는 하나 임종을 앞둔 엄마를 두고 친구들과 여행 간 것, 그곳에서 아픈 엄마를 잊고 그토록 즐거웠던 것, 그리고 돌아와 엄마에게 화를 낸 것, 아직도 그 여행을 행복했다 말하는 것…… 모두 다 미안해서 어찌할 바를 모르겠다.

지난날 내 행동에 대해서 대부분은 '그렇게 하기를 잘했어.'라거나 '그러지 말았어야 했어.'라는 판단이 선다. 하지만 그 여행만큼은 그런 판단을 도저히 내릴 수가 없다. 후회하기에는 아름다웠고, 추억하기에는 너무나 죄스러워서.

그래서 다른 차원 어딘가에 '그러지 않았던 나'도 존재하기를 바란다. 그에게는 여행의 아름다운 추억은 없지만, 그날에 대한 후회는 없을 테니.

후회하지 않고 살기란 불가능하다. 무수히 많은 선택이 지금 이 순간에도 우리 앞에 도사리고 있고, 우리는 분명 그중 하나를 선택해서 달릴 것이기 때문이다. 시간을 돌릴 수도 다른 차원의 나를 만나 물어볼 수도 없기에, 나는 부질없고 허황하다는 것을 알면서도 이런 식으로 나 자신을 위로한다. 그렇게라도 해야 부질 없는 원망을 걷어내고 내일을 살 수 있을 거 같아서. 다른 세상에 살고 있을지 모르는 그는 이곳의 나보다 조금 더 따뜻한 모습이면 좋겠다.

커피와 소주 詩

엄마가 이불을 걷어내며 엉덩이를 때려야 잠이 깨고
아빠가 잘 자라며 형광등을 꺼 주어야 잠이 들던
그때는 일곱 살

엄마는 내가 일어나면 커피를 마셨고
아빠는 내가 잠들면 소주를 마셨다

엄마는 몇 해 전 돌아가시고
아빠는 늙어서 나보다 일찍 잠드시는
지금은 스물일곱 살

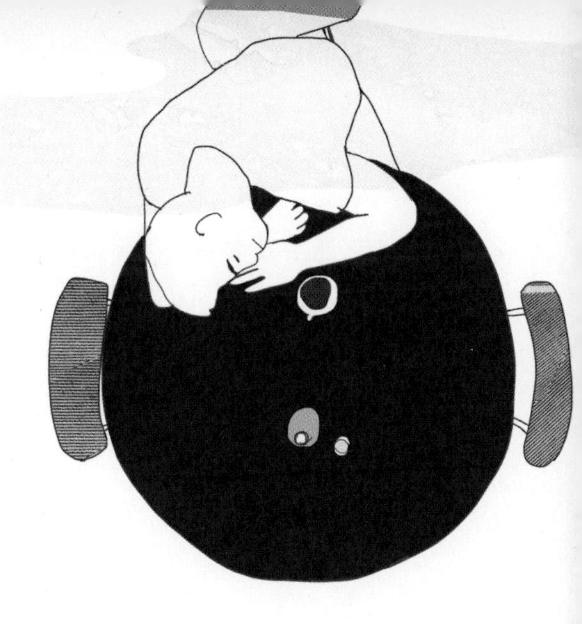

나는 아직도 어리광이 남아서
커피를 마셔야 잠이 깨고
소주를 마셔야 잠이 드네

누구는 흥부고 누구는 박이라니!

나는 오랫동안 난치병을 하나 앓고 있다. 그 병의 이름은 바로 '주인공 병'. 어디서건 주목을 받아야 하고, 대장 노릇을 해야 직성이 풀리는 병이다. 무대에 서는 것도, 밴드의 리더를 맡은 것도 그 병 때문이다. 술자리 대화를 주도하지 않으면 신이 나지 않는 것도, 과감한 옷차림을 좋아하는 것도 다 그 병 탓이다.

부끄러운 일이지만, 대학 시절 학생회장을 지냈던 것도 주인공 병 때문이었다. 학교 오리엔테이션에 갔을 때, 과 학생회장이었던 희원이 누나를 다른 선배들이 '옹립'하던 장면이 내게는 그렇게 멋있어 보였다. 그러다 단과대 학생회장이 각 과를 돌며 건배사를 외치는 것을 봤을 때, 반드시 나중에 학생회장이 되어야겠다고 생각했다. 학생회장으로서의 사명감은 그 이후에 생긴 것이고.

주인공 병의 시작은 열등감이었다. 나는 내가 느꼈던 최초의 열등감을 기억한다. 유치원 재롱 잔치 때 우리 반은 〈흥부와 놀부〉 연극을 준비했다. 나는 당연히 흥부가 되고 싶었지만, 내가 맡은 역할은 초라하기 짝이 없었다. 흥부도 아니고, 놀부도 아니고, 그 많은 흥부네 자식들도 아니고, 제비도 아니고, 박 속에서 쏟아져 나온 도깨비 역할도 아니었다. 나는 '박'이었다. 친구와 둘이 손을 맞잡고 웅크리고 앉아 있다가, 흥부네 부부가 슬겅슬겅 톱질을 하면 유일한 대사인 '펑!'을 외치며 뒤로 나자빠지는 역할이었다.

엄마는 귀한 아들이 고작 박 역할을 하는 것에 분노를 금치 못했다. 재롱 잔치를 며칠 앞두고, 엄마는 다른 엄마들과 함께 선생님에게 가서 따졌다. 지금 생각해 보면 연극 한 편에 그 많은 아이를 다 넣느라, 누구는 박을 시키고 누구는 심지어 박 속에 있던 금은보화 역을 시킬 수밖에 없었던 선생님의 고충도 이해는 간다. 모든 아이에게 흥부나 놀부 같은 비중 있는 배역을 줄 수는 없는 일이니까. 문제는 내가 흥부가 될 기회를 부여받지 못했다는 것이다. 오디션을 본 것도 아니고 그냥 선생님이 정해 버렸다. 결국, 우리 반은 모두 한 번씩 비중 있는 역할을 맡을 수 있도록 인형극과 그림자극 같은 추가 프로그램을 준비했다. 덕분에 누구도 박탈감을 느끼지 않았다. 나는 〈흥부와 놀부〉에서는 박이었지만 〈브레멘 음악대〉에선

당나귀였다.

때론 내가 여전히 어떤 기회도 부여받지 못한 채 박 역할을 부여받고 있는 건 아닌가 하는 생각이 들 때가 있다. '어쩔 수 없는 일'로 치부해버리고 마는 사회적인 차원의 불평등 말이다. 유치원 때야 어렸으니 엄마한테 일러바쳐서 엄마가 대신 해결해 줬지만, 이제는 그럴 수 없다. 그렇다고 어쩔 수 없는 일이니 어릴 적 흥부를 부러워하던 바로 그 시선으로 이러한 문제들을 바라만 봐야 할까? 물론 연극을 하기 위해서는 제비도 필요하고 도깨비도 필요하고 박도 필요하지만, 어떤 기준으로 박 역할을 맡게 되었는지는 알아야 박 역할에 충실할 것 아닌가. 지금은 우리가 수긍할 수 없는 문제에 대하여, 주어지지 않은 기회에 대하여 우리 스스로 항의할 줄 알아야 하는 나이. 아줌마들을 조직해 문제를 해결한 엄마처럼 하지 못할 이유가 없다.

나아갈 용기, 그만둘 용기

고등학교 1학년 말 스쿨밴드 '초코우유'에 가입하면서부터 음악을 시작했다. 그때 우리 동네 서울 강동구에는 고등학교 밴드들이 많았다. 각 학교 축제 때마다 강동구의 여러 스쿨밴드들이 모여 실력을 뽐냈다. 우리 학교 스쿨밴드는 실력이 떨어지는 편이었다. 우리보다 한영고, 강동고, 명일여고, 상일여고 밴드들이 훨씬 실력이 뛰어났다. 다른 학교 밴드 멤버들 사이에서 그나마 기타와 건반을 치던 하헌재만 조금 회자되었을 뿐, 나머지 멤버들은 실력 면에서 다른 학교 팀들과 경쟁하기에는 부족했다. 일부 밴드들은 우리를 굉장히 비웃기도 했다.

얼마 전까지 '강백수 밴드'의 건반 연주를 도와주었던 헌재가 다시 음악을 그만두겠다고, 이번에는 정말로 끝이라고 선언하던 날 우리는 술을 마시며 그 시절 얘기를 했다. 헌재는 내가 자랑스럽다고 했다. 어른이 되어서도 기타를 칠 것 같았던 그 많은 아이 중에 10년이 지난 지금까지 음악을 하고 있는 건 나뿐이라며, 결국은 그렇게 비웃음 받던 '초코우유'의 베이시스트만이 아직까지 음악을 하고 있으니 우리가 이긴 거라며.

바로 며칠 전에는 내가 팬으로서 굉장히 좋아하는 밴드 '브로큰 발렌타인'의 보컬 '반' 형을 만났다. 사실 브로큰 발렌타인은 나와 헌재가 만든 밴드 '네이키드 에입스'와 2007년쯤에 공연을 여러 번 같이 했던 팀이다. 당시엔 두 팀 모두 무명이었는데, 우리 밴드가 해체되고 내가 음악을 잠시 그만둔 동안에도 브로큰 발렌타인은 그때 멤버 그대로 활동을 지속해왔다. 그사이 그들은 아시아 규모의 밴드 경연 대회에서 우승하고, 텔레비전에도 종종 나오는 유명한 밴드가 되었다. 2007년 네이키드 에입스의 베이시스트였다고 했더니 반 형은 반가운 표정을 지으며 이야기했다. 그 시절 함께하던 밴드들 중에 남아있는 팀이 거의 없다고. 이렇게 음악판으로 돌아온 것을 환영한다고.

네이키드 에입스의 멤버들 중에도 나만 음악 활동을 지속하고 있다. 그동안 내가 몸담았던 다른 밴드들의 멤버들도 마찬가지다. 가끔 그때의 멤버들을 만나 술잔을 기울이기도 하는데, 그럴 때면 나는 그들의 표정에 비치는 복잡한 심경을 마주하기도 한다. 내게 자랑스럽다거나 부럽다고 말하기도 한다. 나는 그런 상황이 조금 민망하다. 아직 자랑스러울 만큼 대단하지 않고, 이제는 각자의 영역에서 잘 살고 있는 그들이 때때로 부럽기도 하니까. 가장 난감한 말은 "네 용기가 정말 대단한 것 같아. 아직 음악을 할 수 있는 용기." 이런 말을 들을 때면 난감하기까지 하다. 나는 오히려 용감하지 못해서 음악을 하는 건데.

잠시 음악을 그만두었을 때 나는 겁이 났다. 어느 날 후배들과 음악 프로그램을 보다가 텔레비전에 나온 인디밴드들을 보며 "내가 말이야 작년까지만 해도!" 따위를 말하며 살짝 부풀려진 그 시절을 자랑하고 있는 나를 발견했기 때문이다. 탑골 공원 주변의 선술집에서 얼굴이 벌게진 채로 "내가 왕년에 말이야!"라고 소리치는, 현재가 아니라 과거를 살아가는 할아버지들과 내 모습이 참으로 닮았기 때문이다. 이십 대에 벌써 추억 속을 헤매게 되는 건 좀 잔인한 것 같았다. 텔레비전이나 인터넷에서 인디밴드들을 볼 때마다 그만둔 음악 생활을 그리워할 것 같았다. 그러한 그리움과 공존할 용기도, 떨쳐낼 용기도 나질 않았다.

다시 음악을 하는 지금도 비슷한 종류의 두려움이 있다. 사람들이 흔히 말하는 미래에 대한 불안감과는 조금 다르다. 나는 음악으로 성공하지 못할까 봐 불안한 것이 아니다. 언젠가 음악을 그만둬야 하는 상황을 마주할까 봐 불안하다. 이제는 음악을 하는 데 바친 내 젊은 날들이 더 많아졌는데 이걸 그만두게 될까 봐. 또다시 그리워하게 될까 봐.

나의 옛 동료들도 똑같은 두려움을 느꼈을 것이다. 그들도 나만큼 음악을 사랑했으니까. 그러나 그들에게는 또 다른 간절한 가치들이 있었기에 용기 내어 이별했겠지. 그러니 그들에게 대단하다는 이야기를 듣거나 그들의 부러움을 받을 입장이 아니다. 계속 해 나가는 용기보다 그만 두는 용기를 내는 것이 내겐 더 힘들었던 것뿐이다. 그들은 반대였을 수도 있고.

중요한 건 그들의 삶과 지금 내 삶 모두 각자가 원했던 삶이라는 것이다. 서로 인사치레처럼 부럽다는 이야기를 하지만, 서로의 삶을 맞바꿀 생각은 추호도 없다는 걸 안다. 나도 그들도 서로가 불행해질 가능성이 적어보이는 길을 선택해서 지금의 모습으로 살고 있으니까.

성현이 형 관찰 일기

성현이 형은 국문과 2년 선배로, 내가 입학하기 한 해 전에는 동아리 회장도 했다고 한다. 한때는 드럼연주자로서 나와 함께 연주도 하고, 예선에서 탈락하긴 했지만 대학 가요제에도 나갔다. 지금은 평일에는 교육 애플리케이션을 개발하고 주말에는 컴퓨터 게임을 하거나 영화를 보는 평범한 직장인이다. 형은 자신의 직장 생활에 상당히 만족하고 있고, 직장에서 인정도 받는 것 같다. 열심히 일하다가 좋은 사람 만나 남들처럼 행복한 가정을 꾸리는 걸 목표로 하루하루 열심히 살아가고 있다.

나는 취업 준비도 해 본 적 없고, 평범한 직장 생활도 해 본 적 없다. 학원 강사 일은 출근 시간으로 보나 근무 형태로 보나 다소 특수한 면이 있으니 말이다. 그러나 사람들과 함께 호흡하는 글을 쓰기 위해서는 그런 삶도 간접적으로나마 경험해 봐야 한다. 다행스럽게도 주변에 직장 다니는 친구가 많고, 그들이 취업 시장에서 고전하는 모습도 봤기 때문에 그들의 삶이 내게는 좋은 참고 자료가 된다. 그중 단연, 최고의 표본으로 꼽는 사람이 바로 성현이 형이다. 그는 매우 일반적인 준비 과정을 거쳐 취업하여 매우 일반적인 모습으로 직장생활을 하고 있다. 무엇보다 나와 오랫동안 가까이 지낸다는 점이 장점인, 훌륭한 표본이다.

2010년의 성현이 형(만 25세)

군 전역 이후 성현이 형은 자취방을 얻어 살게 되었다. 청량리의 한 옥탑방. 책상 하나와 책장 하나, 옷장과 서랍장. 바닥에 깔린 두툼한 이불. 그곳에서 그는 취업 준비를 시작했다. 책장에는 두툼한 토익 책들이 꽂혔다. 토마토니 해커스 같은 어느 집에나 있는 그런 교재들 말이다. 학교와 거리가 멀지 않아서 나는 한 주에 사흘 정도 그곳에 놀러 가곤 했다.

낮에는 열심히 공부했고 아르바이트도 하며 성실하게 지냈지만, 밤이면 나와 술을 먹었다. 주로 소주에 라면. 때론 스팸도 구웠다. 가끔 '소녀시대' 윤아나 '투애니원' 박봄 이야기를 했지만 우리들의 대화는 주로 푸념이었다. 왜 이렇게 취업 문은 좁은가. 언제까지 이렇게 살아야 하는가. 여자 친구는 취업을 해야 생기는 것인가. 아, 옛날이 좋았다. 엠티나 가고 싶다 등등.

그때 나는 형과 내기를 했다. 형이 직장을 구하고 대리 직급을 달면 나를 강남에 데려가 비싼 양주를 사 주고, 그 전에 내가 음악이나 글로 대성하거나 대학원에서 석 · 박사 과정을 거쳐 강의라도 시작하게 된다면 내가 형에게 양주를 사 주기로.

2011년의 성현이 형(만 26세)

드디어 형이 취업했다. 수많은 이력서, 수많은 면접을 거쳐 꽤 큰 회사의 사원이 되었다. 신입 사원 연수를 마치고 돌아오던 날, 형은 호기롭게 나를 아주 유명한 식당에 데려가 족발을 사 줬다. 연수가서 무슨 세뇌를 당한 건지 족발을 먹는 내내 자기네 회사가 얼마나 건실한 곳이고 창업주는 얼마나 대단한 사람인지에 대해 얘기했다. 형은 아동 출판을 담당하는 부서에서 일했는데, 돈이 없어서 쩔쩔매는 내게 아르바이트 거리를 던져주고 위풍당당하게 입금 계좌를 묻기도 했다.

형은 나와 일주일에 세 번씩 술을 마셔주지 않았다. 주말에나 한 번씩 술을 마셨다. 하루는 평일 밤에 술을 먹었는데, 전날 과음에도 불구하고 아침 5시에 일어나 수영을 하러 갔다. 본인의 계획대로 멋

있는 직장인이 되어가고 있었다. 업무도, 연봉도 만족스러운 것 같았다.

어느 날 형이 집에 양주를 한 병 들여다 놓았다. 여자 친구가 생기는 날 마실 거라고. 이제 안정적인 직장이 생겼으니 연애할 일만 남았다며.

2012년의 성현이 형(만 27세)

형이 나를 부러워하기 시작했다. 내가 잘돼서라기보다 직장 생활에 대해 뭔가 회의를 느끼는 것 같았다. 어느 날인가 형에게 받을 게 있어서 청계천 주변에 있는 회사 앞에 간 적이 있다. 발 디딜 틈 없는 식당에서 허겁지겁 국밥을 한 그릇 먹고 나와 커피를 마셨다. 청계천 난간에는 형이랑 똑같은 옷을 입은 직장인들이 짧은 점심시간이나마 봄 햇살을 즐기려고 다닥다닥 매달려 있었다.

그날 이후에도 종종 전화를 걸어 언제 퇴근하느냐고, 퇴근 후에 술 한잔 하자고 해도 형은 번번이 야근 때문에 힘들다고 했다. 아침에도 피곤해서 새벽 수영을 그만두게 되었다. 2년 차 직장인은 원래 그렇게 고단한 걸까. 취직이 안 돼 죽겠다던 형이 이제는 회사 때문에 죽겠다고 한다.

내가 밴드 활동하는 걸 보며 형은 드럼 치던 대학 생활을 그리워했다. 주말에라도 짬을 내 연주해 보려고 밴드에도 들어가 봤지만, 평일의 삶이 고단해서 여의치 않았다. 집에 사 둔 양주는 아직도 열리지 않았다.

2013년의 성현이 형(만 28세)

3년 차가 되자 형은 다른 부서로 발령을 받았다. 업무 능력을 인정받아 회사가 전략적으로 육성하고 있는 스마트폰 앱 개발팀으로 차출되어 간 것이다. 일에 능숙해진 만큼 직장인으로 사는 삶에도 익숙해진 듯하다. 본인이 팀 내 업무의 중추가 되었으며 후배들도 생겨 '사수' 노릇도 한다고 했다. 주로 일 못하는 후배들을 욕했으면 욕했지 예전처럼 신세타령하지 않았다. 힘들어 죽겠다는 말도 하지 않았다. 주된 관심사는 '언제 휴가를 받아 어디로 여행을 갈까'하는 것.

어떻게 회사에서 인정받고, 어떻게 돈을 모아 부모님께 효도하고 가정을 꾸릴 건지에 대해서도 웬만큼 계획이 생긴 모양이었다. 출근 복장도 예전보다 자유로워졌다. 술 마시자는 전화도 종종 걸려왔다.

오랜만에 방문한 형의 옥탑방에는 주말 영화 감상을 위한 빔프로젝터가 생겼다. 못 보던 침대도 생겼다. 양주는 어디로 갔는지 보이지 않았다. 형은 현재의 생활에 만족한다고 했다. 더는 대학 시절의 자유를 그리워하지 않는 것처럼 보였다.

2010년에 양주 내기를 걸었을 때, 형에게는 취업 문을 돌파하는 일도 고단한 직장 생활에 적응하는 일도, 멀게만 느껴졌던 것 같다. 그러나 내년이면 형은 대리가 될 것이고 나는 생전 못 먹어 본 비싼 술을 얻어먹게 되겠지. 형은 다들 그렇게 사는 거라고 말했다.

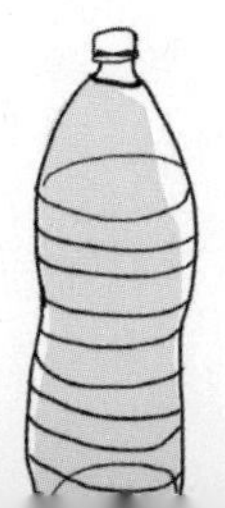

그런 거 없더라

수업 시간에 유성호 선생님께서 말씀하셨다.
우리는 '앎'이라는 상태가 있다고 착각하며 공부를 하지만,
공부할수록 그런 게 없다는 사실을 깨닫게 된다고.
온갖 경험과 고민 속에 살아도 나는 어른이 되지 못할 거다.

내가 부르고 싶은 노래는

"저 뮤지션입니다."라고 나를 소개하면 제일 많이 듣는 말들. "열심히 해서 싸이처럼 되어야지." 또는 "꼭 싸이처럼 성공하시길 바라요!" 싸이는 1집부터 열렬히 좋아하는 나의 영웅 중 한 명이다. 그러나 나는 이 싸이처럼 되라는 말이 영 듣기 거북하다. 결론부터 말하자면, 나는 싸이가 아니고 싸이처럼 될 생각도 없다.

우리나라에서 '좋은 것'의 기준은 '외화를 얼마나 벌어 오느냐'인 것 같다. 해외에서 잘 팔리는 음악이 무조건 좋은 음악이다. 문화사업에 대한 정부의 투자는 동남아 시장을 휩쓸고 있는 아이돌에게 집중되고 있다. 굴지의 영화제에서 작품성으로 찬사를 받은 예술영화보다, 일본과 중국의 아줌마 관광객을 유치할 수 있는 드라마 제작을 권장한다. 조용히 글 쓰며 사는 문인들에게마저 노벨 문학상 언제 따 오냐고 닦달한다. 나 같은 싱어송라이터의 궁극적 지향점은 반드시 싸이여야 한다. 빌보드 차트를 점령하고 세계인의 마음을 사로잡아야 한다. 그리하여 한국의 이름을 세계만방에 떨쳐야 한다. 그것이 국위 선양이고 국익이다.

싸이는 훌륭한 뮤지션이다. 세계에서 한국 댄스 음악이 먹힌다는 것을 증명했다. 그는 특유의 천부적인 기획력과 감각적인 음악으로 전 세계를 춤추게 했다. 그러나 정부가 원하는 대로 모든 뮤지션이 해외에서 국위 선양을 하게 된다면 과연 대한민국 대중음악이 성장했다고 말할 수 있을까?

일단 그것 자체가 불가능하다. 〈강남스타일〉이 어디 하늘에서 뚝 떨어졌는가? 〈강남스타일〉이 열매라면, 그 열매를 맺게 한 뿌리에는 수많은 뮤지션들의 음악적 다양성이 있다. 싸이의 음악에는 힙합적인 요소, 록적인 요소, 한국형 발라드적인 요소들이 녹아있다. 이들이 없었다면 싸이는 절대 〈강남스타일〉을 만들 수 없었을 것이다.

한발 양보해서 모든 뮤지션에게 〈강남스타일〉의 은총이 내린다고 생각해보자. 우리가 어디 춤추고 싶을 때만 음악을 듣던가? 비 오는 날에는 김현식의 〈비처럼 음악처럼〉을 듣는다. 늦은 새벽 술집에서 친구들과 막걸리를 마시며 신세 한탄을 하다 김광석의 〈서른 즈음에〉를 부른다. 김현식과 김광석. 우리에게 얼마나 보석 같은 음악을 선사하고 떠났는가. 김현식은 폐부를 찢는 듯한 한을 귀기 어린 목소리로 노래했다. 그것도 블루스라는 먼 나라 음악에 녹여서 말이다. 김광석의 노래에는 우리말의 아름다움이 있다. 어느 문학작품과 비교해도 뒤처지지 않는 문학성이 있다. 살면서 김광석 노래 싫어하는 사람을 본 적이 없다.

그들은 빌보드 차트에 진입한 일이 없다. 그들이 해외에서 음반을 몇 장이나 팔았겠는가. 그렇다고 싸이가 그들보다 위대한가? 그렇지 않다. 싸이는 싸이여서 위대하고 김현식과 김광석 또한 그들이어서 위대한 것이지, 누가 더 우위에 있다고 말할 수 없다. 외국에서 돈 벌어 오는 기업도 필요하지만 내수 시장도 그만큼 중요하다. 균형이 중요한 이유다.

나는 싸이처럼 될 수도 없거니와 그렇게 될 생각도 없다. 다만 내가 사랑하는 모국어로, 나와 같은 언어를 쓰는 사람들, 나와 같은 사회를 사는 사람들, 나를 닮은 사람들이 울고 웃을 수 있는 음악을 만들고 싶다. 수십 억을 춤추게 할 수는 없더라도, 단 한 사람이 뜨거운 눈물을 흘릴 수 있는 음악을 만드는 내수형 뮤지션이 되고 싶다.

어떻게 저 지위에 올라갔는지 의심스러운 양반들은 지금도 '우리것' 운운하면서, 말도 안 되는 퓨전 국악이니 퓨전 사극을 만들어 외국에 팔아넘길 생각만 한다. 국악기로 양악을 한다고 퓨전 국악이고, 한복 입고 연애한다고 퓨전 사극이라니. 진짜 '우리 것'은 누구를 향하고 있느냐가 결정한다. 외국 사람들 들으라고 만든 퓨전 국악보다 김현식의 블루스가 오히려 훨씬 더 우리 것이라는 이름에 어울린다. 우리 음악은 록으로도 가능하고 힙합으로도 가능하다. 오페라로도 가능하고. 공간적 배경이 미국이건 안드로메다건, 시대적 배경이 미래건 백악기건 상관없는 것이다. 지금도 수많은 예술가가 진짜 '우리 것'을 만들고 있다.

싸이와 이름이 비슷한 가수 사이는 〈냉동만두〉라는 노래에서 '육숙희 씨 앞에서 부끄럽지 않은 노래'를 부르고 싶다고 했다. 육숙희 씨는 사이의 어머니 성함이다. 그래, 국위 선양은 싸이가 하면 된다. 누구도 그만큼 할 수 없을 정도로 그는 훌륭한 글로벌 뮤지션이다. 나는 죽을 때까지 홍대 언저리에서 우리가 보고 들어서 좋은, 외국 사람들이 뭐라던 우리끼리 좋은, 아버지와 친구들이 좋아하는 그런 걸 만들고 싶다. 싸이Psy 말고 사이Sai처럼 말이다.

돈 1

다섯 살 난 내 조카 시은이는 나를 정말 좋아한다. 지난 추석 연휴에도 삼추니! 삼추니! 하고 부르면서 졸졸졸 쫓아다녔다. 한참을 뒹굴며 노는데, 시은이가 내게 무언가를 내밀었다. 현금 13만 원. 심각한 표정으로 입술에 손가락을 갖다 대며 이런다.

“삼춘, 내가 이거 줄게. 엄마한테 말하지 마아.”

1집 앨범 발매 이후 공연을 다니며 경제적인 상황이 조금 나아졌다. 어려움이 해소되어 기쁘다기보다, 내가 가진 콘텐츠로 어떻게 더 많은 수익을 창출할 수 있을까에 대한 생각이 한동안 내 머릿속을 가득 메웠다. 추석 연휴 동안에는 정말 돈 생각만 했던 것 같은데, 그때 마주한 시은이의 고사리 같은 손과 아무것도 모르는 순수한 눈동자가 마치 나를 호되게 야단치는 것 같았다. 미쳤느냐고. 지금 뭐 하는 거냐고.

시은이에게 받은 돈을 누나에게 건네고 방에 들어와 한참을 멍하니 있었다. 기타를 매고 밖에 나서니 비로소 가을 경치가 보였다.

망한 앨범 제작기

2010년 2월, 마지막 학기를 끝마치고 졸업을 기다리는 동안 집 앞에 있는 샤부샤부 전문점에서 아르바이트를 했다. 알바를 그만두던 날, 두 달을 일하고 수중에 생긴 100만 원으로 나에게 선물을 하고 싶었다. 바로 몇 주 뒤 토요일은 내 생일이었으며 5년 동안의 대학 생활을 마무리 짓는 졸업식. 100만 원 안쪽에서 내가 가장 갖고 싶은 걸 나에게 선물하기로 마음먹었다. 고심 끝에 내린 결정. 내 이름으로 음반을 만들자!

2009년 가을까지 3년간 베이스 연주자로서 몸담았던 밴드 '네이키드 에입스'는 주로 내가 만든 노래로 공연했다. 당시 노래를 하던 재영이는 나름의 개성으로 불렀지만, 내 마음에 들지 않았다. 그 까닭은 실력이 아니었다. 훌륭한 가수란 창작자의 의도에 가장 가까운 느낌으로 부를 수 있는 가수인지도 모른다. 그러나 어떤 가수도 창작가의 의도를 100퍼센트 살려 노래할 수는 없다. 더군다나 내가 만든 노래들은 극히 개인적인 경험을 담고 있었기에, 어느 정도 존재할 수밖에 없는 그 틈을 미성숙한 창작자였던 나로서는 견디기 어려웠다. 밴드를 해산할 때 가수를 잃어버린 내 노래들이 아까웠다. 언젠가는 내가 직접 그 노래들을 부르리라…… 하지만 당장은 불가능한 일이라고 여겼다.

음반을 만들어야겠다는 생각이 들자마자 싸구려 통기타를 마련했다. 우선 그 시절 연주했던 곡들의 기타 코드를 익혔다. 몇몇 곡은 우리 밴드의 기타리스트였던 헌재에게 배우기도 했다. 그 과정에서 알게 된 코드 몇 개로 평소 써 두었던 노랫말에 부랴부랴 곡을 만들어 붙였다. 나중에 남들은 그것을 '간결한 코드 진행'이라고 말해 주기도 했지만, 정말 그 코드밖에 몰라서 어쩔 수 없이 간결해진 것이다. 그렇게 만들어진 네 곡의 노래에 네이키드 에입스 활동 중 가장 아끼던 노래 두 곡을 더해, EP 앨범 분량으로 적당한 여섯 곡이 나왔다.

통기타를 사고 남은 돈 85만 원 중 35만 원 정도는 밥값과 술값으로 지출되었다. 가까운 사람 중 내 앨범에 참여할 수 있는 사람들을 만나 밥을 먹이고 술을 먹였다. 음향 공부를 하고 있던 내 친구 재원이와 당연하다는 듯이 부려 먹은 헌재, 하모니카를 불 줄 아는 현철이, 현철이와 함께 타악기를 공부하던 선배 성현이 형, 함께 수업을 듣던 중 우연히 첼로 연주가 취미란 걸 알게 된 승희. 그들을 섭외하여 바로 앨범 제작에 들어갔다.

녹음부스도 제대로 된 장비도 없이 나와 연주자들은 반나절 만에 여섯 곡을 몽땅 녹음했다. 대학 시절 몸담았던 민중가요 노래패 연습실 후배들을 죄다 쫓아내고 재원이가 가져온 노트북과 마이크 하나를 설치했을 뿐이었다. 여러 사람의 목소리가 필요한 '떼창' 부분은 동아리 방에서 쫓겨나 있던 후배들을 불러와 초코파이를 사 주며 녹음하게 했다. 방학을 맞아 별로 하는 일 없이 집에서 뒹굴던 여동생에게 5만 원을 쥐여 주며 앨범 재킷을 그리게 했다. 그리고 50만 원으로, 가장 저렴한 구성의 CD 프레싱을 공장에 맡겼다.

강백수의 첫 EP 앨범 〈노래, 강을 건너다〉는 그렇게 탄생했다. 총 제작비 100만 원, 녹음 6시간, 총 제작 기간 일주일. 나는 믿었다, 내 감수성을 듬뿍 담은 그 앨범이 나를 유명한 뮤지션으로 만들어 줄 거로. 내가 좋아하던 아일랜드의 포크 가수 데미안 라이스처럼, 감성 발라드가 전매특허인 포크 가수로 일약 스타덤에 오르는 상상을 했다. 그러나 냉정한 세상은 언제나 내 순진한 상상을 비웃는다. 내 앨범은 호평을 받지 못했을 뿐 아니라 혹평도 받지 못했다. 내가 앨범을 냈다는 사실은 내 가족들과 친구들만 알았다. 앨범 판매량을 집계할 수 없었다. 너무 많이 팔려서가 아니라, 아예 안 팔렸기 때문에!

나에게는 그 앨범을 다시 듣는 게 고역이지만, 그래도 참고 들어보면 이런 결과는 당연했다는 생각이 든다. 아는 코드도 없는 주제에 욕심은 많아 곡의 길이만 길어졌다. 5~6분 동안 청자는 지루한 코드의 반복을 견디고 들어야 한다. 명색이 시인인데, 번뜩이는 문학성은 다 어디에 숨겨 둔 건지 그저 트렌디한 연애 이야기만 늘어놓고 있었다. 원하는 편곡대로 악기를 구성한 것이 아니라, '때마침 거기 있던' 연주자에게 연주를 부탁하던 식이어서 악기의 종류도 한정될 수밖에 없었다. 그 안에서 획기적인 아이디어를 늘어놓기에는 내 음악적 소양이 부족했다. 부족한 역량 앞에 패기와 추진력 같은 건 아무 도움도 되지 않았다. '하면 된다'는 말은 언제나 옳은 말이 아니었다.

그렇다고 첫 EP 앨범이 무의미했던 건 아니었다. 여러 공연장에 앨범을 돌렸더니, 다행히 나에게 무대를 내준 곳이 단 한 곳 있었다. 지금은 문을 닫은 추억의 공간 '쏘울언더그라운드'. 그동안 스케줄이 없어 수입이 발생하지 않았다. 그래서 대부분의 나날을 음악이 아니라 돈 버는 일을 하며 지냈지만, 한 달에 한 번이나마 그곳에서 공연할 수 있었기에 훗날 직장을 박차고 나온 내가 음악을 내 보금자리로 삼을 수 있었다. 덕분에 나는 현재까지도 음악인으로 생활하고 있다. 또 그 과정에서 좋은 동료들을 얻어 '강백수 밴드'의 리더가 되었다.

이러한 발전은 나에게만 일어난 것이 아니다. 하모니카 연주를 보태준 현철이는 이후 나와 함께 '백수와 조씨'라는 2인조를 만들어 수많은 무대를 함께 했고, 지금도 강백수 밴드의 연주자로서 나와 산전수전 공중전을 경험하고 있다. 엔지니어 재원이는 그 후 여러 앨범 작업에 참여하며 발전시킨 기술로 JYP엔터테인먼트에 입사하기도 했고, 국내 유명 뮤지션들 앨범에 참여한 전문가가 되었다. 이들의 발전에 내 어설펐던 첫 EP 앨범이 기여했을 거란 생각은 지나친 추측일까?

그로부터 3년 6개월 만에 나온 강백수의 첫 정규 앨범에 우리는 비약적인 발전을 담아냈다. 물론 아직도 부족한 점이 많아서 조급한 마음이 들곤 한다. 그게 가끔 지나치다 느껴질 때면 나는 다시 나의 첫 EP 앨범, 500장을 생산하였으나 여기저기 나눠주고도 아직까지 집에 300장이 있는 그 부끄러운 앨범을 찾아 듣는다. 앞으로 갈 길은 많이 남았지만, 여기까지 오느라 나도 동료들도 참 수고가 많았다.

무조건 한다고 되는 것은 아니었지만 돌이켜보면 해야 되는 일이었다. 하지 않았다면 무엇도 되지 않았을 테니까. 그러니까, 했는데 안됐다고 원망할 필요도 없다. EP 앨범이 좋은 결과를 안겨주지 못했지만 그로 인해 발전을 이루었으므로 시도는 무의미하지 않다.

나는 앞으로도 무수히 실패할 것이다. 그 안에서 부족함도 느끼고 많이 부끄러울 것이다. 하지만 그 실패가 그다음 발걸음을 헛디디지 않도록 작은 힌트가 되어 줄 거라 생각한다. 다음 앨범이 나올 때쯤에는 나의 정규 앨범이 낯을 붉힐 정도로 부끄럽게 들렸으면 좋겠다. 그게 바로 발전의 증거일 테니.

하늘 아래 나 홀로 가엾다며 작은 침대에 나를 묻어두었지
꿈꿔왔던 행복은 가짜라며 아프지 않기만을 다짐했는데
자꾸만 욕심이 나네, 자꾸만 욕심이 나네

Fly with you, I wanna fly with you
이렇게 너덜너덜한 나라도 좋다면
Fly with me, Baby fly with me
네게도 나와 똑같은 상처가 있다면

이 세상을 사는 건 하루하루 시린 바람을 참고 견뎌 가는 것
만일 네가 허락을 해준다면 너의 상처도 내가 감싸 안을게
자꾸만 욕심이 나네, 자꾸만 욕심이 나네

Fly with you, I wanna fly with you
이렇게 너덜너덜한 나라도 좋다면
Fly with me, Baby fly with me
네게도 나와 똑같은 상처가 있다면

〈날개 달린 아이〉 중에서

돌아와

스물한두 살로부터 몇 년 지나지도 않았는데, 그 시절의 나를 떠올려 보면 참 이해가 안가고 어처구니없을 때가 많다. 아니 도대체 어떻게 그렇게 하루가 멀다고 과음을 할 수 있었던 거지? 돈 없는 신세타령 하면서 술 먹고 인생 힘들다고 술 먹는 게 말이 되는 건가? 술을 그렇게 먹으니까 돈이 없고, 돈이 없으니까 인생도 힘들다는 걸 왜 그때는 몰랐느냐는 말이다.

스무 살 때, 사귀던 여자 친구가 내게 헤어지자고 말했다. 매일 술 마시고 늦게 들어가고 연락 안 되고 하는 게 이제 지긋지긋하다고 했다. 사실은 그 전날 집에 돌아가는 길에 지하철에서 토를 했고, 공중전화 박스에서 그녀에게 전화를 걸다 잠이 들었다. 아침에 그녀는 낯선 번호로 걸려 온 부재중 전화 스무 통을 마주하고는 결심을 한 것이다. 다시는 술을 마시지 않겠다고 했지만 그녀는 내 말을 믿지 않는다고 했다. 속상해서 술을 많이 마셨다. 술에 취해 그녀의 집 앞으로 찾아갔다.

"네가 떠나지 않았다면 난 너한테 한 약속을 지켰을 거야. 술 안 마실 테니까 돌아와."

그녀를 붙잡고 엉엉 울었다. '가만히 나를 안아주었다'는 걸 훗날 그녀로부터 전해 들었다. 다음 날 나는 아무것도 기억나지 않았고 속만 쓰렸다. 그녀의 집에 갔다는 사실조차! 여전히 그녀와 헤어진 상태라 생각해서 또다시 친구와 술을 마셨다. 그리고 술에 취해 그녀의 집 앞에 찾아갔다. 그러고는 그녀를 붙잡고 말했다.

"술 안 마실 테니까 돌아와."

살면서 누군가 내게 그렇게 경멸스런 표정을 짓는 걸 본 적이 없다. 그러고도 나랑 한동안 더 만나 준 걸 보면 그녀는 꽤 착한 여자였나 보다.

재능 기부, 재능 갈취, 재능 구걸

지금은 소속사를 통해 섭외 전화를 받지만, 일 년 전만 해도 일정 관리를 직접 했다. 그러다 보니 온갖 전화들을 받았다. 그중 상당수는 '재능 기부로 공연 좀 부탁드립니다'였다. 활동 초창기에는 '기부'라는 말의 느낌이 좋아서 대부분 흔쾌히 받아들였다. 그런데 어느 순간부터 속고 있다는 기분이 들었다.

나는 내 노래가 다른 어떤 재화나 서비스와 다르지 않은 경제적 가치를 지닌다고 생각한다. 그러니까 노래라는 재능을 기부한다는 것은 다른 모든 기부가 그러하듯 수혜자가 존재한다는 것을 의미한다. 나는 그 수혜자를 의심하게 되었다.

곰곰 생각해 보니 좋은 취지라며 내게 재능 기부를 요구했던 상당수의 무대가 나를 섭외한 당사자를 위해 마련된 것 같았다. 나는 그게 아니꼬웠다. 왜 나를 섭외한 당신을 위해 내 재능을 기부해야 하는 거지? 진짜 어려운 이들을 위한 공연이라면, 또 내가 충분히 공감할 수 있는 취지의 공연이라면 재능 기부 요청은 오히려 감사한 일이다.

새로 생겼다는 공연장에서 전화가 왔다. 홍대에만 집중된 인디 문화를 다른 지역으로 분산시키고자 하는 사명감으로 시작한 공간이라며 공연을 요청했다.

"공간과 공연자 간의 수익 분배는 어떻게 하시나요?"

"상황이 열악해서 따로 보수는 챙겨드리지 못하고요, 술과 먹을거리는 챙겨 드릴 수 있어요."

"관객들은 입장료를 내나요?"

"네, 1인당 만 원씩 냅니다."

나는 그들의 요청을 거절했다. 내가 돈을 못 받는 게 문제가 아니라 관객이 돈을 낸다는 게 언짢았다. 관객을 위해 공연을 제공할 수는 있다. 관객에게 무료로 열려 있는 공연이라면 나는 그들에게 재능을 기부하는 셈이니 기쁘게 공연할 수 있을지도 모른다. 그러나 관객은 만 원을 주고 공연을 구매해야 한다. 결국 공간만 돈을 벌겠다는 것 아닌가. 내 재능을 사용하려면 공간 주인이 그에 상응하는 대가를 지불해야 할 일이다. 그가 돈 버는 일에 내가 기여해야 할

이유는 없다.

이런 적도 있었다. 어쩌다 한 번 만난 사람에게서 섭외 전화가 왔다. 세종시에서 중학생들을 상대로 의미 있는 행사를 하는데 재능기부라 치고 5만 원에 와 줄 수 있느냐는 거였다. 5만 원이면 왕복 차비. 청소년들에게 공연 문화를 가까이서 접할 기회를 제공한다는 게 취지라는데, 나는 그 취지에 공감하지 못했다. 어려서부터 공연이나 음악을 경제적 가치로 인지하는 것이 필요하다고 생각했다. 게다가 그 행사가 그러한 취지만을 위해 기획된 것 같지 않았다. 행사를 주관하는 재단에 분명 어떤 이익이 있을 법했다. 정당한 금액을 지급한다면 모를까, 공짜로 내가 거기까지 갈 이유가 없었다.

"죄송합니다. 거기까지 가서 무료로 공연할 여유가 없네요."

"그러지 말고 좀 해 주세요. 저도 돈 안 받고 일해요."

"저는 무료로 일하고 싶지 않아요. 죄송해요."

"아니, 뮤지션이 왜 그렇게 꼭 돈을 받으려고 하세요? 돈 벌려고 음악하세요?"

세상에, 이런 몰상식한 질문을 던지는 사람이 아직도 있구나. 음악을 사랑해서 음악을 하지만, 돈을 안 벌려면 취미로 했겠지. 세상 모든 직업이 그렇지 않은가? 그 직업에 사명감과 만족감을 느끼더라도 돈을 안 주면 어떻게 먹고살겠는가. 어이가 없어서 잠시 머뭇

거리다 대답했다.

“네, 돈도 벌어야겠습니다. 수고하세요.”

예술가들에게 이런 식의 몰염치한 재능 기부 요청이 많은 까닭은 뭘까? 내 생각엔 예술을 경제적 가치로 보지 않기 때문이다. 그들은 중국집 사장에게 짜장면을 기부하라고 하지는 않는다. 건축가에게 설계도를 기부하라고 하지도 않고 쌀집 아저씨에게 쌀을 기부하라고 하지도 않는다. 짜장면이나 설계도 같은 것은 눈에 보이는 경제적 가치이기 때문에 기부 요청도 조심스럽고, 거절하더라도 그를 인색한 사람으로 몰아세우지 않는다. 그러나 가수에게는 “노래 한 번 하는 거 어렵지 않잖아요? 돈 드는 것도 아니고.” 따위의 말을 한다. 아니, 왜 돈이 안 드는가? 노래를 만들고 연습하고 부르는 데 드는 노력과 시간이 갖는 기회비용은 왜 고려하지 않는 것인가? 우리나라의 경우 음악도, 영화도, 미술도 공짜로 접할 경로가 많아서 그것들을 ‘구매해야 하는 대상’으로 여기지 않는 사람이 더 많은 게 아닐까. 그들은 그것이 재능 기부인지 재능 갈취인지 재능 구걸인지 고민하지 않는다.

어느 날 〈컬투쇼〉를 듣다가 무릎을 탁 친 적이 있다. 인천 아시안게임 조직위에서 일하는 한 청취자가 컬투에게 말했다.

“기회 되면 재능 기부 한번 해 주세요.”

그러자 '컬투'의 정찬우 씨가 이렇게 대답했다.

"재능이 너무 커서 기부할 수가 없어요."

그래, 나같은 사람들에겐 재능이 사업 밑천이고 가진 전부이다. 남들에게는 별거 아닌 것처럼 보일지 몰라도 내겐 세상에서 가장 소중한 자원이자 유일한 도구이다. 그래서 함부로 턱턱 기부할 수 없다.

전산 등록 확인서

강민구 귀하 / 송파동 지점

My 스마트북 통장 (620-22318-257) 신규금액 : 10,000원

PC/인터넷 뱅킹 등록

이용자번호 : KANGM0218

1회이체한도 : 10,000,000원 / 1일 이체한도 : 50,000,000원

안전카드번호: 8601494

2013년 06월 17일

※위와 같이 등록되었습니다.

– 7월 되면 해지해서
팥빙수나 먹자
고마워

적금을 들어 달래서 주민등록증 사본을 보냈더니
통장과 카드를 품은 하얀 봉투가 날아 들었다
표면에 적힌 강민구 고객님
스무 살 강의실에서 건네던 그 필체가 설레고

흑역사, 위대한 탄생

최근까지 우리나라 음악계에는 오디션 열풍이 불었다. 그것이 긍정적이었건 부정적이었건, 빨리 유명해지고 싶어서 안달이 났던 나로서는 놓칠 수 없는 기회였다. 열심히 앨범을 내고 활동을 해도 파급력이 그 한 방에 미치지 못할 것 같았다.

〈슈퍼스타K 2〉 〈슈퍼스타K 3〉 〈TOP 밴드 1〉 〈위대한 탄생 3〉. 내가 지원했다가 탈락한 오디션 프로그램 리스트이다. 〈K팝스타〉만 추가하면 탈락 그랜드 슬램을 달성할 뻔 했다. 그중에서도 특히 〈위대한 탄생 3〉에서 탈락한 것은 잊을 수 없는 경험이다.

두 번의 〈슈퍼스타K〉는 모두 2차에서 탈락했다. 〈TOP 밴드 1〉은 동영상 심사에서 탈락했다. 〈슈퍼스타K〉는 3차부터 〈TOP 밴드 1〉은 동영상 심사 다음부터 텔레비전에 방영되었으므로 나는 전파 한번 타지 못했다. 그러다 〈위대한 탄생 3〉에서 드디어 2차 예선을 통과하고 텔레비전에 나오는 3차 예선에 올랐다.

3차 예선 전날 나는 잠을 이룰 수 없었다. 아침 일찍 집에서 30분 거리에 있는 일산 MBC에 가야 해서 충분히 자려고 밤 10시에 잠자리에 누웠다. 그러나 바로 내일, 심사위원인 김연우 · 용감한 형제 · 김소현 씨로부터 합격 사인을 받아 프로그램이 끝날 때까지 승승장구해서, 우승은 못하더라도 언론의 주목을 받고 거대 기획사에 들어가 스타덤에 오른다. 이런 상상을 하니 도저히 잠을 이룰 수 없었다. 당시 내 평균 취침 시간은 새벽 4시. 도저히 잠들 수 없는 상황이었다. 밤을 하얗게 지새우고 방송국에 도착했다. 오전 8시 30분 집합이니 대충 10시 전에는 노래를 부르고 집에 올 줄 알았다. 하지만 나는 오후 3시가 되도록 하염없이 대기해야 했다. 그러고는 드디어 떨리는 마음으로 무대에 올라 심사위원 세 명을 마주했지만, 용감한 형제의 독설과 함께 나의 허접스러운 노래가 중단되고 말았다. 결과는 불합격 둘, 합격 하나.

잠을 못 자 목 상태가 좋지 않았다는 건 핑계에 불과하다. 근본적인 문제가 있었다. 나는 노래를 못했다. 더럽게 못했다. 긴장은 모두에게 똑같이 적용될 문제고 컨디션 관리도 실력이다. 진짜 프로는 컨디션이 안 좋아 실력이 온전히 발휘되지 않을 때도 노래를 잘

해야 한다. 컨디션이 좋을 때 노래 못하는 사람이 어디 있나. 나는 잘할 때의 나만 생각했다. 나태했던 거다. 더군다나, 재기발랄함이 돋보이는 곡들이 방송 심의를 통과하지 못한 관계로 나는 상대적으로 얌전한 노래 〈가르시아〉를 불러야 했다. 순전히 음악성과 가창력의 시험대에 올라 스스로 내 진가를 폭로하고 말았다. 쉽게 말해 실력이 '뽀록' 난 것이다.

사실 나는 나에 대한 평가를 잘 알고 있다. 보통 이하의 가창력과 음악 실력, 재기발랄한 메시지와 무대 매너. 이것이 나에 대한 대중들과 전문가들의 평가이다. 나는 부족한 기본기를 재기발랄함으로 보완하려고 노력했다. 그러나 음악가의 본분은 음악을 잘하는 것이고 가수의 본분은 노래를 잘하는 것이다. 가사에 아무리 신경을 써도 결국은 음악을 잘해야 하고, 아무리 무대 매너를 연구해도 노래를 못하면 의미가 없다.

당시 사귀던 여자와 술집에서 술을 먹다가 그 장면이 텔레비전에 방영되는 것을 봤다. 용감한 형제가 내게 마땅한 독설을 퍼부었다. 화면 속 나는 그 앞에서 꿀 먹은 벙어리가 되었고, 여자 앞에서 나는 2층 술집의 유리창을 깨고라도 어디론가 도망가고 싶었다. 황급히 계산하고 나가려는데 술집 직원이 놀라며 텔레비전을 가리켰다.

"어? 저 사람이죠?"

주머니 속 휴대폰에는 끝없이 전화와 문자메시지가 오고 있었다.

몇 달 후 나는 수술대에 올라 항상 노래하는 데 방해되던 편도선을 잘라냈다. 재활과 연습까지 두 달이 넘은 뒤에야 비로소 무대에 설 수 있었다. 컨디션이 나쁠 때도 좋을 때와 비교해서 큰 차이가 없는 공연을 하기 위해서다. 여전히 아주 성실한 가수라고 할 순 없지만, 더 이상 '측면 돌파'만을 고집할 수는 없기에 노래 연습을 일정한 주기로 반복하게 되었다. 그게 기본이니까.

감자탕을 발라주던 네가 있었다

어느 날 친구가 물었다. 헤어진 여자에게 전화하는 남자의 심리는 도대체 무엇이냐고. 어쩐지, 싱숭생숭한 얼굴을 하고는 소주를 마시자고 하더니. 며칠 전 밤에 헤어진 지 오래된 남자 친구로부터 연락을 받았다는 것이다. 친구 녀석의 눈에는 약간의 설렘도 들어 있는 것 같아 대답을 망설였다. 냉정하게 말해 줘도 되느냐고 양해를 구하고는 주관적이지만 확신하는 대답을 해 주었다. 내 경우엔 그랬거든.

"그건 여자랑 자고 싶거나, 지금의 연애가 짜증 나서 일 거야."

남자가 옛 연인을 떠올리게 되는 까닭은 대개 두 가지로 설명할 수 있다. 첫 번째는 호르몬이 동한 경우이고, 두 번째는 현재의 연애가 불만족스러운 경우다. 두 번째 이유로 남자가 옛 연인에게 연락했다면 대부분은 그 남자 본인의 잘못이다. 그렇지만 남자의 현재 애인도 약간의 책임이 있지 않느냐는 비겁한 이야기도 해 볼 수 있겠다.

단지 예뻐서 만난 스물을 갓 지난 여자애가 있었다. 투정이 많았다. 만날 때 반드시 데리러 가야 했고 헤어질 땐 반드시 데려다 줘야 했다. 어떻게든 그녀가 원하는 메뉴를 잘하는 음식점을 찾아야 했다. 원하는 것을 원하는 때에 바로 대령해야 했다.

어느 날 그녀가 감자탕을 먹으러 가자고 했다. 서울 응암동 감자탕 골목에서 제일 유명한 집으로 갔다. 고기를 몇 젓가락 집어먹다가 그녀는 짜증을 냈다. 왜 감자탕을 발라주지 않느냐고. 먹고 싶은 걸 참아가며 열심히 고기를 발라 주었는데, 또 한 두어 번 집어먹더니 배부르다며 집에 가잔다. 참았던 화가 터져버렸다. 나는 먹고 갈 테니 그녀에게 혼자 가라고 했다. 아니 내가 못 먹은 건 둘째 치고, 고기를 무한으로 먹을 수 있는 곳인데 겨우 몇 조각 깔짝거리다 간다는 게 나로선 용납이 안 됐다. 돈이 얼만데.

어이없다는 표정으로 씩씩거리며 나가는 모습을 본체만체하고 혼자 감자탕 한 냄비를 다 먹었다. 터질 것 같은 배를 쓸어내리며 쓸쓸하게 빈 냄비를 보는데 돌연 생각이 스쳤다. 내게도 감자탕을 발라주던 여자가 있었다는 것을!

감자탕을 시키면 앞 접시에 뼈 한 조각을 올려놓고 살코기만 살뜰히 발라내고는 그 접시를 내게 내밀던 장면이 떠올랐다. 그러고는 씩 웃는 게 참 예뻤다. 감자탕뿐만이 아니었다. 손 가는 음식은 죄다 먹기 좋게 손질해서 내게 내밀었다. 내가 맛있게 먹는 걸 보고야 자기 걸 먹던 여자였다. 동갑내기였음에도 엄마처럼 나를 세심하게 챙기고 그것에 행복해 하던 여자였다. 그러나 그런 배려의 가치를 온전히 이해하기에는 날 두고 나간 어린 여자만큼이나 당시 나는 어렸다.

나는 그게 조금 부담스러웠다. 내게 여자여야 할 그녀가 자꾸 엄마처럼 구는 것 같았다. 어린 남자들은 여자가 엄마처럼 다가올 때 그 고마움은 모르고 단지 숨 막힘만을 느낀다. 날 챙기는 그녀의 태도가 귀찮고 번거로웠고 스트레스였다. 그래서 번번이 짜증을 냈다. 그런 나를 보며 그녀는 항상 서운해했다. 이런 갈등은 잦은 다툼으로 이어졌다. 대부분의 어린 남자애들처럼 나도 어리석었다. 옆에 있는 사람의 소중함은 보지 못하고 다툼과 권태에만 마음이 쓰였다. 그녀와 헤어지고 얼마간은 해방감에 젖어 매일 친구를 만나고 웃고 떠들며 지냈다. 그러던 어느 밤, 술을 많이 마신 나를 걱정해주던 여자가 내 옆에 없다는 사실이 취기와 함께 몰려왔다. 끝내 울음을 터뜨리고 말았다. 어쩌면 나는 돌아가신 엄마의 빈자리마저 그녀로 채우고 있었는지도 모른다. 그걸 깨달았을 때 이미 그녀는 한참 멀어진 후였다.

'그런 여자를 떠나보내고 이런 철없는 애를 만나고 있나' 하는 생각이 들었다. 남은 감자탕 국물에 취하도록 술을 퍼부었고, 집에 돌아오는 택시에서 예전 그녀에 대한 그리움을 담아 〈감자탕〉이라는 노래를 썼다.

며칠 후 나는 혼자가 되었다. 그녀에게 헤어지자고 말했다. 내심 언젠가 그녀가 나이를 먹고 누군가에게 감자탕을 발라주는 여자가 되었을 때 한 번쯤 나를 떠올려줬으면 좋겠다고 생각했다. 아직까지 연락이 없는 걸 보니 여전히 그녀의 감자탕은 남자가 발라주고 있는지, 아니면 그녀도 내게 연락하는 것이 부질없다는 걸 아는 건지, 아니면 그냥 나는 그녀에게 감자탕을 발라주던 수많은 남자들 중 하나일 뿐이었던 건지.

괜스레 울적한 늦은 밤 혼자 허름한 식당에 들어가
소주 한 병과 감자탕 한 그릇 외로운 마음을 달래어본다
고기 한 젓가락 집다가 하얀 셔츠에 국물이 튀었다
젖은 휴지로 얼룩을 지우다 갑자기 치밀어 오르는 눈물

이제는 나 알 것 같은데 네가 얼마나 날 아껴줬는지
젓가락질이 서툰 나에게 감자탕 고길 발라주던 너

예쁜 손톱 밑에 들깨 가루가 끼는데도
내게 감자탕을 발라주던 네가 있었다
맛있게 먹는 날 보는 것이 제일 좋다던
널 버렸다 너는 닿을 수 없는 곳에 있다

빨갛게 손가락이 달아오른 줄도 모르고
나의 입천장이 델까 봐 걱정하던 바보
그런 너를 떠나보낸 내가 더 바보 같구나
이제야 너를 그리워한다

〈감자탕〉

오른손이 하는 일을 왼손도 알게 하라

교회나 성당에 다니지는 않지만, 공부 삼아 성경을 읽어 보니 종교를 떠나 새겨둘 만한 말들이 많았다. 그러나 영 수긍이 가지 않는 말도 있었다. 그중 하나가 바로 이 말이다. '너는 구제할 때에 오른손이 하는 것을 왼손이 모르게 하여 네 구제함을 은밀하게 하라. 은밀한 중에 보시는 너의 아버지께서 갚으시리라. (「마태복음」 6:3~4)'

얼마 전 나는 재미있는 제안을 받았다. '쿠킷'이라는 젊은 기업에서 내 노래 〈감자탕〉을 주제로 한 패키지 상품을 만들어 보겠다고 했다. 쿠킷은 재래시장에서 장을 보고 주문한 요리에 딱 맞는 양의 식재료를 포장해 보내주는 곳이다. 수익 분배 방식은 두 가지. 첫 번째는 판매액의 일정 비율을 지급 받는 방식이었고, 두 번째는 그들과 내 수익금을 소년소녀 가장을 돕는 데 사용하는 방식이었다.

오랜만에 좋은 일 한번 해 보고 싶은 마음에 후자를 선택했다. 그러고는 내친 김에 일을 좀 더 키워보기로 했다. 소년소녀 가장들을 위한 특별한 디너쇼를 만들기로 한 것이다. 나는 '쿠킷'의 CEO에게 말했다.

"기왕에 하는 거 생색 좀 내죠."

인터넷 사이트에서 취지를 알려 참석자를 모집하고, 참석한 사람들과 함께 감자탕을 만들고, 감자탕이 끓는 동안 나는 노래와 연주를 하고, 감자탕이 완성되면 따뜻한 국물로 배를 채우고…….

음악 활동을 하면서 몇 가지 좋은 일을 했다. 일부 몰지각한 사람들이 재능 기부라는 말을 오 · 남용해서 문제지만, 좋은 취지를 만나면 정말 의미 있는 일이라는 것을 몇 차례 목격했다. 그럴 때마다 나는 SNS를 통해 오만 생색을 다 냈다. 누군가의 눈에는 다소 꼴불견으로 보였을 수도 있지만, 좋은 일은 그렇게 널리 알려야 한다고 생각한다.

선행이 소문나면 다른 사람들에게도 긍정적인 영향을 미친다. 나도 무언가 할 수 있지 않을까 궁리하고, 그들 중 일부에게는 행동의 변화도 생길 것이다. 그 선행은 또 소문을 불러온다. 그는 칭찬을 받는다. 우리는 예수님도 아니고 부처님도 아니다. 아무런 보상도 없는 일을 계속 해 나가기란 쉽지 않지만, 사람들이 칭찬하고 손뼉을 쳐 주면 쉽게 지치지 않고 또 다른 선행을 할 수 있게 된다. 생색을 내는 게 이 같은 선순환을 만들어 낼 수 있을 거라 믿는다. 그래서 나는 내 오른손이 한 일을 왼손뿐만 아니라 세상 사람들이 다 알았으면 좋겠다.

돈 2

2007년, 친구들과 5인조 밴드를 하고 있던 시절. 우연한 기회로 당시 우리나라에서 열린 청소년 월드컵 조직위원회의 만찬회에서 연주하게 되었다. 장소는 무려 '하얏트 호텔 그랜드 볼룸'. 관객 중엔 FIFA(국제축구연맹) 회장도 있었다. 공연을 마치고 피파 측은 우리에게 호텔 근처에서 아무거나 먹고 싶은 것을 먹고 있으면 직원을 내려보내 계산해 주겠다고 했다. 갑자기 주어진 도깨비 방망이 같은 기회. 도대체 어딜 가서 뭘 먹어야 후회 없이 남의 돈을 쓸 수 있을까.

돈도 있어 본 놈이 쓸 줄 안다고 도대체 뭐가 비싼 음식인지 떠오르지 않아 공황 상태에 빠진 우리에게 하헌재가 말했다.

"야, 순댓국 먹고 싶지 않냐?"

멍청한 소릴 한다고 하헌재에게 몰매를 퍼붓고 거리를 헤매다 결국, 도저히 비싼 음식이 떠오르지 않아 고깃집에 갔다. 고기를 먹는 동안 머릿속에는 계속 순댓국만 떠올랐다. 사실 나도 순댓국이 먹고 싶었다. 가격이 중요한 게 아니라 먹고 싶은 걸 먹었어야 했다. 우리 중에 하헌재가 제일 똑똑했던 거다.

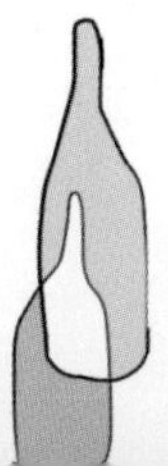

피터팬의 좋은 방 구하기 詩

지훈이의 새 자취 집에 놀러 간 날
아부지가 해 주신 일억 오천짜리
전세 아파트 입주를 축하하며

얼큰하게 취한 다섯 남자는 언제고 모이기만 하면
십 년 전으로 돌아가 열일곱 열여덟이 된다

우리의 생활이 곤란해지는 문제의 진원지는 바로 그 지점

우리의 본질은 아직 열일곱 열여덟인데
어쩐 일인지 스물일곱 스물여덟으로 살아야 한다는 것

우리는 아직 몸으로 하는 장난이 좋고
서로 무심코 내뱉는 욕이 좋고
실없이 늘어놓는 섹스 얘기가 좋은데
어쩐 일인지 자꾸 우리더러 스물일곱 스물여덟이라는 것

우리의 의지와 무관하게 스멀스멀 다가오는 독립의 시기에
마누라를 얻고 애새끼들 키우고 살려면
지훈이처럼 새로 도배한 전셋집은 있어야 한다는 것
그러려면 지갑에 단돈 만 오천 원도 없는 우리가
일억 오천을 벌어야 한다는 것

그래 바로 그 지점이다

그 어떤 연고도 없는 동네에서 자취를 하며
대학에 다녀야 하는 문제
상하이로 홍콩으로 목적 없는 유학을 떠나야 하는 문제
좆같다 좆같다 하면서 직장에 다니며 잦은 출장으로
여자한테 차이고도
또 내일 인천공항발 중국행 티켓을 끊어야 하는 문제

나와 내 친구들의 그 모든 문제의 진원지가

바로 그 일억 오천짜리 전셋집인 것이다

wo xiang gen ni chinchin

시기별로 '꽂히는' 술안주가 있게 마련이다. 한때는 편의점 앞 테이블에서 먹는 야채 참치가 최고였고, 또 다른 어떤 시기에는 종로 시장통의 돼지 수육에 꽂히기도 했다. 요즘 내가 꽂혀 있는 술안주는 바로 양꼬치다.

처음 양꼬치를 먹었던 건 대학 학부 시절 교양 수업을 함께 들었던 중국인 친구가 권해서였다. 해외여행 경험이 없었던 나에게는 중국인 친구와 중국 본토의 음식을 먹는다는 게 매우 신선한 경험으로 다가왔다. 학교 앞에 새로 생긴 양꼬치 집 주인도 한국말이 서툴렀다. 함께 먹은 맥주도 중국산. 나에게 양꼬치는 한 번도 가본 적 없는 중국과의 만남이었다. 중국에 다녀온 친구들은 중국에 짜장면은 없지만 양꼬치는 아주 인기가 많다는 이야길 해주었다.

그 이국적인 풍미에 익숙해지자, 양꼬치 집은 나의 단골 데이트 코스가 되었다. 양꼬치란 음식은 연애에 있어 뜻밖에 많은 이점을 지니고 있기 때문이다. 우선 남자들보다 여자들에게는 비교적 생소할 수 있는 음식이라 맘껏 아는 척 할 수 있다. 직접 숯불에 구워주며 '이 향신료는 쯔란이네, 저 반찬은 짜사이네'하며 미식가 행세를 하기도 한다. 기름기가 많은 편이라 맥주를 많이 마시게 된다. 그러면 쉽게 친해진다. 또 학생인 내게 부담스러웠던 '영화–밥–술'로 이어지는 데이트 코스를 '영화–술'로 간소화해 주기도 한다. 양꼬치 2인분이 모자라면 옥수수 온면 하나 시키면 충분히 배가 부르기 때문에.

양꼬치를 먹으면 떠오르는 얼굴이 있다. 꼭 함께 양꼬치를 먹고 싶었으나 끝내 그러지 못했던 그녀. 그녀는 학교 앞 맥줏집에서 아르바이트하는 중국인 여학생이었다. 외모도 외모지만, 서툰 한국말로 조곤조곤 열심히 얘기하는 모습이 참 예뻤다. 맥줏집 문지방이 닳도록 드나들다 보니 어느새 농담도 주고받는 사이가 되었다. 어느 날 드디어 그녀의 휴대폰 번호를 물었다.

문자 메시지를 주고받다가 그녀와 양꼬치를 먹기로 약속했다. 뭘 먹고 싶으냐는 물음에 그녀가 선택한 메뉴였다. 고향이 그리워서 그런가 보다 하여 그녀에게 회심의 한마디를 날리고 싶어졌다.

'난 너의 좋은 친구가 되고 싶어.'라는 말을 중국어로 해주면, 그녀를 위해 중국어까지 연마하는 따뜻한 남자로 보이리라. 중문과에 다니던 친한 형에게 물어 알아낸 말을 문자 메시지로 보냈다.

'워 샹 건 니 친친wo xiang gen ni chinchin'

친할 친 자를 두 개 써서 만든 문장이라는 말을 믿었다. 그런데 어쩐 일인지 그녀로부터 메시지가 끊겼다. 얼마 후 방문한 맥줏집에서 그녀가 이제는 나오지 않게 되었다는 말을 들었다. 양꼬치를 먹기로 했던 약속도 지킬 수 없었다. 중국에서 유학하던 한 친구와 그 까닭에 대해 얘기를 나누다 충격적인 사실을 알게 됐다. 그 문장의 뜻이 '나는 당신과 입을 맞추고 싶다'는 것을. 아, 그래서 중국인들이 사람 각질을 뜯어 먹는 물고기 닥터피시를 '친친어'라고 부르는 거였구나! 중문과 형을 찾아가 따졌지만 형은 그저 배를 부여잡고 박장대소 할 뿐이었다. 아아, 만리타국에 공부하러 와 친하지도 않은 남자로부터 심야에 그런 문자 메시지를 받은 그녀는 얼마나 무섭고 당혹스러웠을까! 황급히 사과 문자를 보냈지만, 답이 없었다. 이미 수신을 거부해 놓았든가 아니면 한국말이 서툴러 내 문자를 이해하지 못했거나.

며칠 전 지인과 함께 방문한 동대문의 유명하다는 양꼬치집에 갔다. 중국인 손님들의 중국어를 들으며 양꼬치를 뜯다가 그녀 생각이 났다. 고향에 돌아가 가족이나 친구에게 한국에서 만난 이상한 남자 얘기를 했으려나. 괜히 내가 우리나라 이미지를 망가뜨린 건 아닐까. 어쩌면 아직 한국에 있을지도 모를 그녀에게 다시 한번 심심한 사과를 전하고 싶다.

"두이 부 치dui bu qi, 미안합니다"

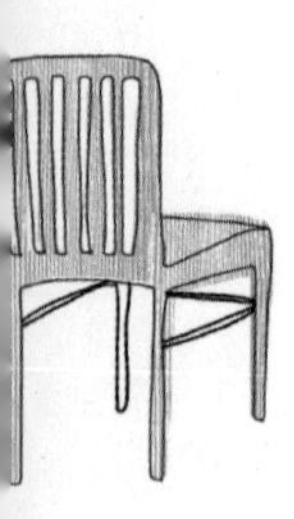

혼자 살기 전에는 몰랐던 것들

지난 1월에 일주일간 여행을 가게 되었다. 여행에 대한 설렘 말고도 기분 좋은 게 하나 더 있다. 내가 집에 없는 일주일은 가장 추운 1월 중순이고, 그동안 전기세가 굳는다는 것이다. 모든 난방을 전기로 해서 지난달 전기세만 해도 10만 원이 넘었는데, 걱정했던 1월 전기세를 아끼게 돼서 기뻤다. 또 이런 생각을 하게 되었다는 게 놀라웠다. 자취를 시작하고 세 번째 월세를 내는 동안 많은 변화를 겪었구나.

밥을 먹기 위해서는 음식값만 드는 게 아니라는 걸 알았다. 밥을 짓기 위해 쓰는 물과 가스도 돈이고, 밥이 소화되고 화장실에서 볼일을 보면 뒤처리에 필요한 휴지와 물도 돈이라는 걸 알았다. 뽀빠이가 사랑하는 시금치는 가장 잘 상하는 밑반찬이기 때문에 되도록 사지 않는 편이 낫다는 것과 김치가 고급 음식이라는 것도 알았다.

아무 일 안 해도 집은 지저분해진다는 걸 알았고 그걸 치우기란 집을 어지럽히는 일보다 훨씬 번거롭다는 걸 알았다. 설거지를 하지 않으면 다음날 밥을 차려 먹을 수 없다는 걸 알았고, 냉장고 정리를 하지 않으면 냉장고 열기가 두려워진다는 것도 알았다.

고단한 하루 끝에 현관문을 열었을 때 어둠과 적막만이 마중 나오는 것과, 잠들 때 아버지의 코 고는 소리가 아니라 창밖에 발정 난 고양이 소리가 들려오는 것과, 속 쓰린 아침에 냄비 뚜껑을 열어도 할머니가 끓여 놓은 북엇국이 없다는 게 얼마나 외로운 일인지를…… 혼자 살아 보고야 알았다.

당신의 시

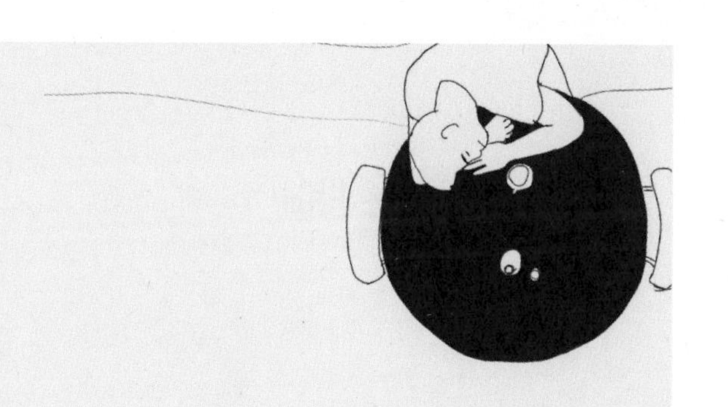

굳이 애쓰지 않아도 평범한 하루는 시적인 순간들로 채워지고 있다

곰국이 생각나는 밤에

지난여름, 외사촌 동생 은진이의 결혼식을 보름 앞두고 외할머니는 교통사고를 당했다. 할머니의 느린 걸음으로 건널목을 건너기엔 녹색 신호등이 너무 짧았다. 길을 채 다 건너지 못한 할머니를 버스 운전기사가 못 본 것이다. 고운 한복을 차려입고 가장 행복한 눈물을 흘렸을 외할머니는 그날 결혼식장에 오지 못했다. 하얀 침대에 누워 무슨 꿈을 꾸는지…… 여름 가고 낙엽 지고 어느덧 눈이 내리는데 아직도 눈을 뜨지 못하신다.

뇌사 상태. 기적이 일어나지 않는 한 할머니는 다시 일어날 수 없다. 기적이 일어나도 말을 하거나, 나를 알아보시거나 하는 일이 생길 리는 없다. 할머니는 그저 몇 달째 병실에 누워 수많은 의료장비에 의지한 채 생의 마지막을 기다리고 있다.

어려서부터 우리는 방학 때마다 울산에 있는 외갓집에 내려갔다. 나와 내 동생은 외갓집을 무척 좋아했다. 그건 외할머니와 외할아버지를 뵐 수 있기 때문만은 아니었다. 음식점을 하던 외삼촌과 외숙모는 우리에게 늘 돈가스와 스파게티 같은 맛난 음식을 해 주었고, 외사촌 동생들과 소풍도 보내 주었다. 어린 입맛에는 온갖 정성이 들어간 외할머니의 손맛보다는 외삼촌과 외숙모의 음식이 더 맛있었고, 어린 마음에는 말 없는 외할아버지보다 또래 외사촌 동생들이 더 편하고 재미있었다. 한 해 두 번밖에 뵙지 못하니 오랜만에 외할머니를 뵐 때 좋기는 하지만, 잔소리가 많고 쉽게 서운해하셔서 같이 있을 때는 힘들었던 것 같다. 우리가 떠날 땐 저 멀리 멀어질 때까지 손을 흔들며 아쉬워하시던 모습이 늘 애잔했다.

엄마가 투병 중일 때는 친할머니와 번갈아 우리 집에 오셔서 살림을 봐주셨다. 외할머니가 오시는 것은 고마웠지만 달갑진 않았다. 시골에서 쭉 지낸 할머니에게는 우리의 늦은 귀가와 취침이 못마땅했고, 그런 부분이 여지없이 잔소리로 이어졌기 때문이다.

그래도 외할머니는 따뜻한 분이셨다. 하루는 집에서 곰국을 끓여주셨다. 맛있어서 몇 그릇이나 먹었더니 그 후로 내가 내려가는 날이면 몇 시간 동안이나 큰 솥에 곰국을 끓이셨다. 곰국의 뜨거움은 외할머니를 떠올리면 가장 먼저 느껴지는 감각이다.

그런 외할머니가 사고를 당하셨다니 슬픔도 느낄 수 없으리만큼 멍해졌다. 그저 우리 외할머니 어떡하지, 우리 외할머니 어떡하지…….
이렇게 끝나기에는 외할머니의 삶이 너무나 안타깝기 때문이다.

우리 엄마는 서 씨. 그런데 외할아버지의 함자는 김치규. 외할머니가 아직 젊었을 때, 외삼촌은 학교도 채 못 들어갈 만큼 어리고 엄마도 갓난아기였을 때, 엄마의 아버지인 서갑출 할아버지는 사고로 돌아가시고 말았다. 내가 중학교 때였나, 김치규 할아버지가 돌아가실 때까지 나는 그분이 서갑출 할아버지인 줄 알았다.

할머니의 삶은 고단했다. 경제적으로 윤택하지 못해서 힘들게 1남 1녀를 길러내셨다. 그나마 형편이 조금 나아질 무렵, 외할아버지가 돌아가셨다. 가까운 곳에 외삼촌이 살았지만, 자식에게 폐가 되고 싶지 않아서였던지 할머니는 혼자 지내셨다. 외삼촌 가족이 자주 방문했지만 외로움은 어쩔 수 없었을 것이다.

외할머니의 외로움을 달랬던 가장 큰 위안은 딸인 우리 엄마와의 통화였다. 두 분은 매일 긴 대화를 나누셨다. 실컷 통화하시다가 한 시간이 지나서야 시외 전화비 많이 나온다며 끊으시던 모습이 기억난다. 그래서 딸과 손주들이 1년에 두 번 내려올 때마다 그렇게 반가워하시고, 다시 올라갈 때마다 그렇게 아쉬워하셨다.

그런 딸이 죽을병에 걸렸다. 암에 걸려 2년 넘게 투병하는 딸을 보며, 머리를 하얗게 깎은 모습을 보며 할머니는 얼마나 가슴을 치셨을까. 엄마가 떠나셨지만 우리는 그 사실을 장례가 끝나도록 외할머니께 말씀드리지 못했다. 그 몇 해 전 할머니는 심장병 수술을 받으려 했지만, 의사는 수술할 수 없는 상태라며 다시 할머니의 가슴을 닫았다. 외할머니의 가슴에는 시한폭탄이 달린 것이나 마찬가지여서 충격적인 소식을 전할 수 없었다.

외삼촌이 어떻게 전했는지는 모르겠다. 결국 외할머니도 하나뿐인 딸의 죽음을 아셨다. 나는 그때 할머니의 심장이 멎지 않은 게 정말 다행이라고 생각했다. 엄마가 돌아가신 날 외삼촌은 내게 "민구야, 엄마 돌아가셨다고 외가랑 인연 끊는 일은 상놈들이나 하는 짓이다."라고 당부했다. 엄마가 돌아가시고도 나는 혼자 외갓집에 내려갔다. 그때마다 외할머니는 내가 딱하다며 통곡에 가까운 울음을 토하셨다. 나는 애써 잊고 지내는 엄마에 대한 그리움이 외할머니의 눈물로 되살아나는 게 겁났다. 외갓집에 가는 것도 할머니와 통화를 하는 것도 부담스러웠다. 매번 전화를 드려야지 하면서도 그 부담감에 선뜻 번호를 누를 수가 없었다. 내려갈 때마다 그렇게 맛있는 곰국을 얻어먹었으면서 그깟 전화 한 통이 뭐가 어렵다고. 그때나 지금이나 마음의 빚으로 남아있다.

외할머니의 비극은 거기서 끝이 아니었다. 딸을 잃고 바로 몇 년 후, 하나뿐인 며느리마저 암에 걸렸다. 다툼도 잦았고 미워하던 날도 있었지만, 그래도 30년 가까이 함께 지내다시피 한 며느리였다. 딸과 똑같은 모습으로, 비슷한 기간 동안 투병하던 며느리를 마침내 하늘로 보내던 날, 외할머니는 펑펑 우셨다. 딸이 떠났다는 소식을 듣지 못해 흘리지 못한 눈물까지 그날 다 쏟아내시는 것 같았다.

외숙모를 잃은 외삼촌과 두 동생의 모습은 엄마가 떠나던 날 남겨진 우리 세 식구의 모습과 똑같았다.

그리고 1년 후, 처음으로 맞이하는 손녀의 결혼식을 보름 앞두고 할머니는 깨어나지 못하는 잠에 드셨다. 할머니께 살갑지 못했던 것이 너무 죄송하다. 참담한 모습으로 누워계시는 모습을 도저히 마주할 자신이 없어서 나는 지금도 할머니가 계신 병원을 찾지 못한다. 그런 주제에 외가 식구들에게 전화가 걸려올 때마다 나는 가슴이 덜컥 내려앉는다. 혹시나 하는 마음에 조마조마하며 기다릴 뿐이다. 외할머니가 먼 길을 떠나시는 날을 말이다. 모두가 외할머니보다 외삼촌을 걱정한다. 외할머니가 빨리 떠나시는 게 당신에게도 우리 딱한 외삼촌에게도 좋을 거라고 한다. 그 말을 충분히 이해하고 나 또한 머리로는 그렇게 생각하지만, 왜 그렇게 그 말이 싫을까.

가끔 떠오르는 풍경이 있다. 여름날 해 질 녘, 외할머니댁 근처 초등학교 운동장이다. 나와 동생들은 그네와 미끄럼틀을 타며 뛰어놀고, 말 없는 외할아버지는 운동장 여기저기 떨어져 있는 장난감 총알을 줍고 계신다. 저 멀리서 외할머니가 우리를 그윽한 눈으로 바라본다. 이따금 그 장면이 떠오르곤 한다. 실컷 놀다 들어가면 따뜻한 곰국을 한 그릇 먹을 수 있을 것 같은데, 외할머니는 눈을 뜨지 못한다.

엄마와 외숙모가 있는 그곳과 남겨진 우리가 있는 이곳 사이에서 어쩔 줄 몰라 하시는 걸까. 외할머니는 그저 누워 계실 뿐이다.

새 양말을 신었어야 했다 詩

혼자 버스를 타고 울산 외할머니 댁에 내려왔다
일 년에 두 번 방학 때마다 찾아뵙는 외할머니는
어머니가 돌아가시던 그날부터 뵐 때마다 몇 년씩은 늙으셨다
우예 지내노 핵교 잘 댕기나 느그 애비는 잘 있재
마른 손으로 잘 익은 복숭아를 깎으며 우리 가족의 안부를
물으신다
그래 느그 어매 있을때맹키로 밥은 잘 챙기 묵고 사나
드디어 외할머니의 입에서 느그 어매라는 말이 쿵 하고
떨어져 나온다
안부를 묻고 돌아가신 어머니 얘기가 나오고
외할머니가 울고 하는 일은

외할머니 댁에 갈 때마다 으레 거치는 절차 같은 것이다
이제 내겐 추억인 어머니가 아직까지 외할머니에겐 아픔이다
그 아픔은 눈물로 전염되어 내 추억마저 따가워진다
아유 할머니 걱정마세요 저 살 오른 것 보셔요
너무 잘 먹어 탈이에요
그래 마 니 얼굴 보기 좋네 그라믄 됐다 하며 복숭아를
넣어 주신다
아, 이번에는 외할머니의 눈물을 막아내는데 성공했다는 안도감
그러나 이내 쿵 쿵 바윗돌같은 눈물을 쏟아내신다
니 양말이 그기 뭐꼬 느그 어매 있을 때는 니가 그래
안댕깄는데……
외할머니는 한참을 울고 나는 아무런 말도 할 수가 없다
구멍난 양말 사이로 시린 바람이 든다
입 안의 복숭아가 넘어가질 않는다
나는 정말 아무런 말도 할 수가 없다

라면왕 비긴즈

나는 라면을 잘 끓인다. 라면이 잘 끓이고 말고가 어딨냐 싶을지도 모르겠지만 나는 라면을 정말 잘 끓인다. 고등학교 친구들은 나를 '라면왕'이라 부른다. 내가 끓인 라면은 옛날 여자 친구 자취방에서 처음으로 얻어먹었던 설렘 가득했던 그 라면 다음으로 맛있다.

라면을 잘 끓이게 된 것은 2006년. 대학교 2학년이었던 나는 아버지께 고시생이 되겠다는 말도 안 되는 거짓말을 하고 학교 앞 허름한 고시원에 입주했다. 당시 아버지께서 주시던 생활비는 40만 원. 고시원에 들어간 실제 목적은 술을 마시다 막차에 쫓기는 게 지긋지긋했기 때문이었다. 나는 그 목적에 충실한 생활을 하였으므로 40만 원은 별에 스치던 바람처럼 통장을 스치고는 일주일이 못 돼 증발하곤 했다.

고시원에는 공동 주방이 있었다. 제공되는 음식은 김치와 밥뿐이었고 나머지는 직접 해 먹는 시스템이었다. 통장에 돈이 5만 원도 채 남지 않은 어느 날, 나는 결단을 내렸다. 술 한 번 덜 먹고 이 돈으로 다음 달 생활비까지 먹을 양식을 비축하자고. 마트에 가서 라면을 샀다. 매일 라면만 먹고 살아야 할 판이었으므로 최대한 다양하게!

나는 라면을 좋아한다. 다양한 종류의 라면을 매일매일 끓여 먹고 사는 건 나름의 재미가 있었다. 그러나 피땀 흘려 새로운 맛을 개발하고 있을 라면 회사 직원분들께는 매우 죄송한 이야기이지만, 라면 맛이라는 게 다 거기서 거기라는 걸 깨닫기까지는 일주일이 채 걸리지 않았다. 어떻게 하면 이 지긋지긋함에서 벗어날 수 있을까를 궁리하다가 생각을 바꾸기로 했다. 나는 돈이 없어서 라면을 먹는 것이 아니라 최고의 라면을 찾기 위한 연구를 하고 있다. 이것은 끼니를 때우는 단순한 행위가 아니라 일종의 연구 활동이다!

그때 눈에 들어온 것이 바로 공동 냉장고였다. 지금 생각해보면 다들 어려운 처지였는데 그걸 건드릴 생각을 했나 죄책감이 들지만, 나 역시도 집에서 가져온 장조림이니 간장게장이니 하는 피 같은 반찬들이 증발한 것을 빈번히 목격했다. 그래서인지 당시엔 큰 양심의 가책을 느끼지 못했던 것 같다. 그래, 이웃들에게는 미안하지만 이 모든 것이 오늘부터 나의 연구 재료다.

기본이라 할 수 있는 달걀이나 다진 마늘부터 닭튀김 조각까지, 온갖 것을 아주 소심하게 조금씩 라면에 넣어 봤다. 어떤 날은 먹을 만했고 어떤 날은 억지로 입에 쑤셔 넣었다. 그러다 어느 날 드디어 라면에 첨가할 수 있는 최고의 아이템을 발견했다. 그것은 바로 맞은편 방에 살던 여학생 것으로 추정되는 콩나물 무침이었다. 그냥 콩나물이 아니라 반드시 콩나물 무침이어야 했다. 도대체 이 콩나물 무침과 라면 사이에 어떤 화학작용이 일어나기에 이런 강력한 맛을 낼 수 있는가! 콩나물 무침의 레시피를 검색해보고 그 해답을 찾을 수 있었다. 그것은 콩나물과 참기름과 다진 마늘이 빚어낸 앙상블이었다.

라면왕 강백수의 비결은 콩나물과 참기름과 다진 마늘, 약 두 달 동안 라면만 끓였던 경험, 거기에다 생활비 40만 원을 술값으로 탕진하던 지난날의 대책 없음이라 하겠다.

이 글을 통해 알 수 없는 이유로 줄어드는 반찬을 보며 분노해야 했던, 그러나 지금은 따뜻한 집에서 맛있는 밥을 먹고 있을 고시원 이웃들에게 심심한 사과의 말씀을 전한다.

휴대폰 공습 詩

아침 일곱 시 휴대폰 알람에 눈을 떠 고시원 방문을 연다 머리를 긁으며 오줌을 누러 공동 화장실로 간다 화장실로 가는 복도에는 다른 숫자가 적힌 똑같은 방문들이 정확한 간격으로 나열되어 있다 539호에서 비발디의 사계가 들리더니 누군가 방문을 열고 오줌을 누러 간다 540호에서 새소리가 들린다 휴대폰 알람 소리다 누군가가 잠에서 깨어 나처럼 오줌이 마려울 것이다 542호에서 파헬벨의 캐논이 연주된다 역시 휴대폰 알람 소리다 또 누군가 잠에서 깨어 마찬가지로 오줌이 마려울 것이다 이내 543호 545호 이 방 저 방에서 동시에 휴대폰 알람 소리가 들리기 시작한다 휴대폰 알람 소리는 오줌을 누라는 사인이다 오줌 누세요 오줌 누세요 오줌 누세요 하나하나 알람 소리가 늘어갈 때마다 섬짓 섬짓 하다 자명종 소리부터 닭 울음소리까지 여러 소리가 뒤섞여 혼란스럽다 또 누군가 오줌이 마렵다 한 명 한 명 모두 나처럼 오줌 누러 나올 거다 와르르 그들이 쏟아져 나올까 봐 오줌이 쏟아져 나올까 봐 오줌누러 가는 발길을 재촉한다 가는 길에도 멜로디 뒤섞인 소음이 누군가의 하루를 부팅시킨다 오줌 누기를 강요한다 멀쩡한 사람을 오줌싸개로 만들어 버린다 빌어먹을 휴대폰이!

싸구려 와인 맛있게 마시는 방법

돈 잘 버는 부모님을 둔 형을 만난 날. 나는 그때 신사동에 처음 가 봤다. 와인 바에서는 5만 원짜리 칠레 와인만 시켜 봤는데 형은 80만 원짜리 와인을 주문하려 했다. 나는 손사래를 쳤다. 싼 와인을 먹자고 하면 안 먹을 것 같아서 그냥 와인이 내키지 않는다 하고는 보드카를 마시러 가자고 했다.

염치 때문은 아니고, 빌딩이 두 채나 있는 형의 지갑 사정을 생각해서는 더더욱 아니고, 그냥 잠시 겁이 났다.

나는 집에서 영화를 보거나 글을 쓸 때 혼자 술을 곧잘 마신다. 원래는 맥주를 마시다가, 마트에서 에누리해서 만 원에 파는 와인을 접한 이후로 종목을 바꿨다. 맥주와 와인의 도수 차이를 고려했을 때 와인이 가격도 더 싸게 먹히고, 폼도 나고, 화장실도 덜 들락

거려도 되니까. 만 원이건 10만 원이건 알게 뭐야. 나는 비싼 와인 맛을 모르니 싼 와인도 맛있게 먹을 수 있다.

80만 원짜리 와인을 먹었을 때 너무 맛있으면 어떡하지? 만 원짜리 와인이 왜 만 원밖에 안 하는지를 깨달아 버리면 그때는 지금처럼 맛있게 먹지 못할 것 같았다. 내가 맨날 비싼 와인을 사 먹을 수 있는 처지도 아니고.

매번 싸구려 PC 스피커를 쓰다 처음 제대로 된 전문가용 스피커를 갖게 되었을 때다. 소리가 좋아서 밤새도록 음악을 켜 두곤 했다. 그러다 앨범 녹음하러 몇 군데 스튜디오를 다니면서 더 비싼 스피커 소리를 들어 본 이후로는 내 스피커에 별 감흥이 없어져 버렸다. 내 만 원의 사치가 그렇게 아무 감흥도 주지 못하게 돼 버릴까 봐 나는 형의 제안을 거절했다.

지금 마시고 있는 와인도 무슨 와인인지 모른다. 그냥 나한테는 이런 게 와인이다. 그래, 싸구려 와인을 맛있게 마시는 방법은 간단하다. 비싼 와인을 안 먹는 거다.

니는 누고? 詩

2년 만에 뵌 작은할아버지는 내게
니는 누고? 하셨다
할머니께서 내는 누군지 아십니꺼? 하시면
오야붕 오야붕 하셨다
요즘은 똥칠도 하신다는 작은할아버지는
나이 65세에 대학원에 입학하셔서 러시아 문학 박사를
딴 수재였다
나는 어릴 적부터 작은할아버지가 세상에서
제일 똑똑한 줄 알았다
내가 막 대학에 입학했을 때 할아버지는 명함을 하나 내미셨다
컴퓨터를 배우셨는지 명함에는 이메일 주소가 쓰여 있었고

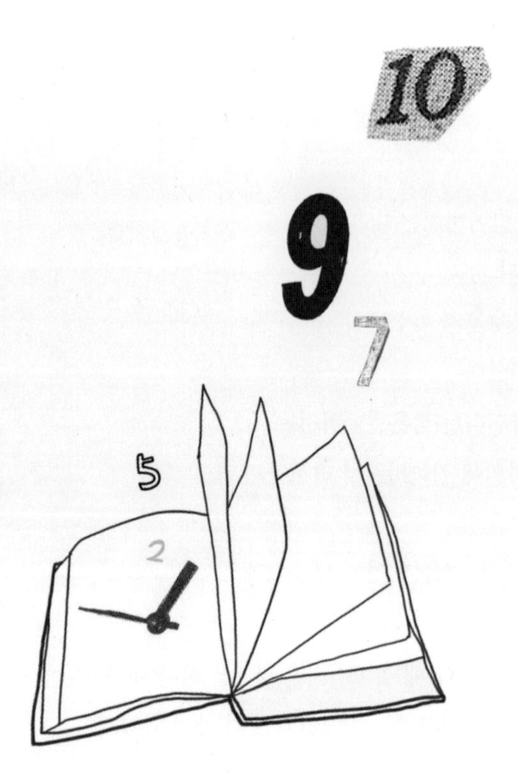

니가 문학을 하니 내랑 이메일로 문학 얘기 좀 해 보자 하셨다
나는 세상에서 제일 똑똑한 할아버지와 문학 얘길 한다는 것이
부담스럽기도 하고 무섭기도 하여 이메일을 보낼 수 없었다

2년 만에 뵌 작은할아버지는 내게
니는 누고? 하셨다
이제 나도 대학 4학년씩이나 되었고 작년엔
러시아 구조주의도 조금 배웠으니
할아버지랑 이제야 문학 얘기를 할 수 있겠구나 하고 들떴었는데
니는 누고? 하셨다

할아버지가 나와 하고 싶었던 문학 얘기가 뭐였을까 궁금해져서
집에 와서 인터넷으로 '러시아 문학 강봉길'을 검색해보았더니
우르르 쏟아져 나오는 논문들

아, 할아버지랑 문학 얘기를 해 보고 싶은데
니는 누고? 하셨다

그땐 미처 알지 못했지

한 해 한 해 나이를 먹어가고 있다는 걸 느끼는 지점은 저마다 다르겠지만, 나는 술자리에서 예전에는 생소했던 화제에 대해 대화를 나누고 있음을 자각했을 때 나이를 실감한다. 스무 살이 되었을 때는 내가 주량과 술버릇을 이야기하고 있단 사실에 놀랐다. 스물다섯 살 어느 날에는 서울 각 지역의 원룸 시세를 이야기한다는 사실이 놀라웠다.

이십 대 후반이 된 요즘 새롭게 추가된 화제가 둘 있다. 하나는 주로 여자 친구들을 만났을 때 떠오르는 것이고, 다른 하나는 내 또래 남자들에게 엄습하는 어떤 공포에 대한 얘기다. 여자 친구들을 만나면 결혼 이야기를 한다. 주변 여자들에게는 정말 결혼이 남의 이야기가 아닌가 보다. 이번 주에만 모바일 청첩장을 다섯 군데서 받았으니 말이다. 그러나 내 또래 남자들에게는 아직 결혼이 급한 얘기는 아니다.

이십 대 후반 남자들에게 새로 추가된 얘깃거리는 바로 탈모. 나와 '쓰레기 데이'를 함께 하는 친구 일곱 중 셋은 이미 탈모가 꽤 진행되고 있다. 우리 집안은 대대로 탈모를 겪지 않아 나는 그런 걱정에서 벗어나 있지만, 그들에게는 그것이 바로 이전에는 경험하지 못한 새로운, 그리고 아주 심각한 고민거리다.

하루는 내 음악을 좋아하는 형님, 동생들과 술을 한잔 했다. 모두 처음 보는 얼굴들이라 잠시 서먹했지만 스물여섯부터 서른셋까지의 남자들은 이내 탈모라는 접점을 발견했다. 자리에 모인 다섯 명 중 셋이 탈모로 고민 중이었다. 카피라이터라는 한 형님은 조만간 머리를 밀겠다고 했다. 그나마 직업이 자유로운 편이라 삭발해도 회사생활에 지장이 없어서 다행이다. 그렇지만 머리 밀기 전에 어서 성공해야겠다는 농담이 마냥 우스개는 아닌 것 같았다. 스물여섯 살의 동생은 일찌감치 아버지와 할아버지의 반짝이는 머리를 보고는 사태의 심각성을 깨달았단다. 그래서 스무 살 때부터 두피에 좋다는 크림을 발라 왔다고 했다. 서른세 살의 한 형님은 탈모 완화제를 복용한다고 했다. 남성 호르몬 분비를 억제해 탈모를 완화한다는 탈모 완화제를 먹으니 탈모는 확실히 개선되더란다. 반면에 성 기능이 떨어지는 부작용이 있다고 했다. 머리카락이 없는 것과 정력이 약한 것. 둘 중 어떤 게 더 여자들에게 용서받기 쉬운가에 대해 끊임없이 고민해야 한다는 것이다. 머리숱이 많고 이마가 좁아서 레이저로 모근을 태워 없애는 시술을 받았다는 내 얘기를 했을 때, 그들은 '왜 그런 미친 짓을 했느냐'며 나를 타박했다.

아아, 머리카락. 뭐가 그리 대단하기에 그들은 이토록 눈물겨운 노력을 해야 하고, 누군가는 결혼을 서두르고, 누군가는 신혼 첫날 밤에 거짓말이 들통 나 신부를 울리고 하는 일들이 일어나는가. 모두가 대수롭지 않게 여길 수만 있다면 정말 별것 아닌 문제일 수 있을 텐데. '탈모는 군대와 같아 미룰 수는 있지만 안 갈 수는 없다'는 말을 들었다. 정답조차 없는 고민이라니!

아직 서른도 안됐는데, 이십 대 초반의 고민도 아직 해결되지 않았는데 생각지도 못한 새로운 고민이 나타나 친구들을 괴롭힌다. 이처럼 지금 내게 와 닿지 않는 어른의 대화 주제들, 이를테면 건강 걱정이라든가, 나이 듦으로 인한 정력 감퇴라든가, 중년의 소외감이라든가…… 결국은 우리 것이 되고 말겠지. 지금의 고민으로부터 초연해지지도 않았는데 말이다. 벌써 괜히 서글프고 섬뜩하다.

기억 속의 고향

지방에서 올라온 친구들이 들으면 배부른 소리라 하겠지만 나는 그들이 부러울 때가 있다. 삶이 고단할 때, 사람에 지칠 때, 그들에게는 잠자리에 누워 떠올릴 고향이 있지 않은가. 나는 처음부터 이곳에 있었던 것처럼 지금 여기만을 바라보며 버텨야 할 텐데, 그들에게는 힘들 때 돌아갈 곳이 있다는 게 부러웠다.

내게는 정녕 고향이 없는 걸까? 나라고 항상 지금 이곳에 살았던 건 아니다. 태어난 곳은 울산광역시 울주군. 본적은 수원 화서동. 그러나 그곳들에 대해 나는 아무런 기억도 갖고 있지 않다.

나에게도 고향 같은 곳이 하나 있다. 아니, 있었다.

다섯 살 때부터 고등학교를 졸업할 때까지, 거의 15년 동안 나는 서울 강동구에서만 살았다.

내가 다섯 살 때 우리 가족은 서울 시민이 되었다. 이 넓은 서울에서 처음 만난 우리의 보금자리는 '강동아파트'였다. 당시에는 흔했던 5층 짜리 13평 시영아파트. 우리가 살았던 10동은 한 동에 층마다 두 세대씩 마주 보고 있었다. 우리 집은 403호. 404호에는 동갑내기 남자애 하나와 두 살 많은 형이 살고 있었다. 그들은 아직도 나의 가장 오래된 친구로 남아있는 호종이와 세종이 형이다. 엄마들끼리도 동갑이어서 둘도 없는 친구가 되었다.

우리 동만 해도 비슷한 모습의 가정이 많았다. 503호에는 우리보다 네 살 정도 많았던 종화 형과 세종이 형과 동갑인 수현이 누나가 살았고, 504호에는 세종이 형 친구 진웅이 형과 나와 동갑이었던 여자아이 진영이가 살았다. 203호에는 나보다 몇 살 어린 정인이와 승인이가 살았다.

그 작은 아파트에서도 다른 동까지 갈 것도 없었다. 누구 집 할 것 없이 아무 데나 들어가 장난감을 가지고 놀고, 만화를 보고 밥을 먹었다. 종화 형은 우리를 모아놓고 여러 가지 재미있는 놀이와 구구단을 가르쳐 줬다. 형과 누나를 따라 입학하게 될 학교에 미리 놀러가 본 기억도 난다. 진영이와는 가끔 소꿉놀이 같은 걸 했고, 가장 친한 내 친구 호종이와는 같이 일어나 같이 먹고 같이 놀고 같이 잤다. 가끔 정인이와 승인이를 돌보기도 했고, 내 동생은 자기와 동갑인 승인이와 결혼을 하겠다고도 했다.

아이들끼리 우글우글 잘 노니 엄마들도 편한 시간을 보낼 수 있었다. 같이 장을 보고, 미용실을 가고, 에어로빅하러 다니고, 커피를 마시기도 하고, 아마 남편과 시어머니 흉도 봤겠지. 날이 추워지면 함께 김장을 했고, 맛있는 반찬을 하면 나누어 먹었다. 1층에서 4층까지 걸어 올라오다 보면 어느 집에서 무슨 반찬을 먹는지 다 알 수 있었다.

우리는 이웃사촌이라는 말도 몰랐다. 그런 말로 규정짓지 않아도 이미 한가족이나 다름없었다. 부산 사람인 엄마에게 호종이 아줌마는 태어나서 처음 사귄 전라도 출신 친구라고 했다. 차가운 콘크리트 아파트였지만 적어도 어린 우리에게는 고향이 되기에 충분했다.

언제부턴가 우리는 뿔뿔이 흩어지기 시작했다. 종화 형네는 분당 신도시가 개발되면서 떠났고 진웅이 형네도 어딘가로 떠났다. 전세를 살던 우리는 계약이 끝날 때마다 몇 군데를 옮겨 다니다 다른 동네로 이사를 했다. 그 무렵 강동아파트의 재개발이 확정되어 그곳에 살던 모두가 다른 곳으로 보금자리를 옮겼다. 내 작은 고향엔 아무도 남지 않았다.

몇 해 뒤 어릴 적 내 세상이었던 그곳을 몇 번 찾아갔다. 떠나온 후로 내 마음속 고향으로 남아 있던 강동아파트는 흔적도 없이 사라졌다. 높은 벽 너머로 건물 부수는 소리가 연신 들리더니 위용 찬란한 초고층 아파트가 들어섰다. 뛰어놀던 놀이터, 자전거를 타고 달리던 비탈길, 나와 호종이의 비밀 기지가 있던 아파트 한구석의 풀숲도 이제는 기억 속에서만 거닐 수 있게 되었다. 그리운 마음에 그곳에 가면 오히려 낯선 기분이 든다.

경제 논리라는 것은 중요하다. 우리 가족도 강동아파트를 소유하고 있었다면 재개발 소식을 반겼을 것이다. 내 소중한 고향이니 제발 우리 아파트를 재개발하지 말아 달라고 할 사람은 아무도 없겠지. 그렇다면 새로운 곳에 정을 붙이고 그곳 사람들과 정을 나누며 살면 되는 일이지만, 우리는 그렇게 하지 못했다.

새로 이사한 아파트에는 어떤 이웃이 있었는지 전혀 생각나지 않는다. 엘리베이터를 타고 올라가니 어느 집에서 무슨 반찬을 해 먹는지 알 수 없었고 궁금하지도 않았다. 동네에 또래가 있어도 눈인사조차 번거로워했다. 세상이 변해서 우리는 이웃과 반찬을 나눠 먹지 않게 되었다. 이웃의 문을 두드리는 대신 휴대폰을 꺼내 다른 곳에 사는 친구에게 전화를 걸었다. 엄마도 새로운 이웃과 인연을 맺지는 않고, 원래 알던 아줌마들과 전화 통화를 하며 시간을 보냈다. 엄마가 편찮아 지시면서 가세가 기울어 아파트를 팔고 또 몇 군데 옮겨 다녔다. 그런데 이상하다. 단 한 명의 이웃도 기억나지 않는다.

이사 가던 날에 아쉬운 이별의 인사 한번 건넨 적도 없다. 하기야 고향은 새로 만들 수 있는 게 아니니까. 고향에 가야 채워질 것 같은 마음의 구멍은 그냥 뚫려 있는 채로 둘 수 밖에.

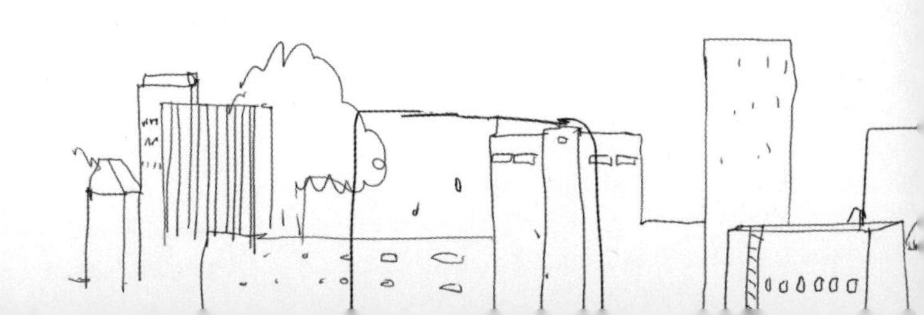

그렇게 하나씩 잊혀져 간다 詩

젊은 시절의 그는 액션영화를 좋아했다
퇴근 후에는 어린 아들과 함께 아파트 상가 비디오가게에 들러
아들은 만화영화를 자신은 액션영화를 하나씩 골라 왔다
만화영화를 보던 아들이 잠자리에 들면
VCR에 테이프를 물려놓고
브루스 윌리스의 육중한 근육으로 병약했던 어린 시절을 위로했다
아내는 돼지고기 찌개를 끓여 소주 한 병과 내와
그의 옆에 가만히 앉았다

그는 이제 오십 대, 액션영화를 보지 않는다
DVD 플레이어가 처음 보급되던 무렵

그의 집에는 최신 기종의 VCR이 있었기에
DVD플레이어를 사지 않았다
그 무렵 아내가 암 선고를 받았고
병원비를 대기 위해 아내를 간호하기 위해
영화 한 편 볼 틈 없이 살았던 몇 년
테크놀로지의 발달은 중년의 가장을 기다려주지 않았다
아내가 세상을 떠났을 때
이미 비디오대여점은 DVD 대여점이 되어있었고
아들은 스무 살, 영화를 인터넷으로 내려받아 본다고 했다
사 봐야 자신밖에 보지 않을 DVD 플레이어를
이제 와 본다는 것은 어쩐지 사치스러웠다
인터넷을 하는 것도 아니고
그렇게 그는 잊어갔다
액션영화도
액션영화를 좋아했다는 사실도
액션영화를 좋아했던 시절도
퇴근 후에는 돼지고기 찌개를 끓여와 혼자 소주를 마신다
어쩐지 요즈음은 자꾸 허전해지고
반병 마시던 소주를 이제는 한 병 마신다

오늘도 청첩장을 받았다

작년에는 재작년보다 약 두 배 정도 많은 결혼식에 참석했는데, 올해는 또 그 두 배 정도의 결혼식에 가게 된다. 이제 2월인데 참석한 결혼식과 청첩 받은 결혼식을 합치면 어느덧 열 건에 이른다. 직업상 성격상 남들보다 많은 사람을 알고 지내는 탓도 있겠지만 무엇보다 내 나이가 그럴 나이이기 때문이다. 가까운 형 누나들뿐만 아니라 친구들이나 동생들, 심지어 전에 사귀던 여자 친구까지 청첩장을 내민다.

스물여덟. 2월생이라 학교를 한 해 일찍 들어가서 친구들은 스물아홉. 이 나이는 '결혼'이라는 화두에서 참 애매한 나이이다. 여자 친구들은 슬슬 결혼 생각이 진지해지고 조급해지기도 한 것 같다. 근데 남자 친구들은 조금 상황이 다르다. 군대를 다녀와서 그런지 아니면 사람들 말처럼 여자보다 철이 늦게 들어서 그런지, 아직 결혼이 대화의 주된 테마는 아니다. 물론 일찍 안정적인 직장을 얻었다거나 아버지가 잘산다거나 하는 친구들이야 오래 만난 애인이 있으면 결혼을 하기도 하지만, 결혼에 대한 체감 거리는 여자 친구들만큼 가깝지 않은 것 같다.

나 역시 아직 결혼이라는 단어가 내 얘기로 느껴지지는 않는다. 연애를 반복하며 결혼을 '상상'해 본 적은 있지만 '생각'해 본 적은 없었다. 그들을 사랑하지 않았기 때문이 아니다. 그냥 나는 연애만으로도 충분히 행복하기 때문이다.

물론 그런 태도에 대해 나와 사귀던 이가 불만을 가졌던 적도 있었다. "무슨 결혼이야, 난 그런 거 전혀 내 일 같지가 않아."라는 내 말에 토라진 그녀에게 '진짜로 나와 결혼을 하고 싶어서 그러는 거냐'고 물었다. 그녀는 "당장 그런 건 아니지만 연애라는 게 그렇잖아. 결국은 결혼하거나 헤어지거나."라고 답했다. 그때 나는 그녀가 우리 연애에 대해 나와 달리 생각하고 있다는 것을 깨달았다. 그 후론 그녀에게 왠지 모를 거리감을 느끼게 되었다. 머지않아 우리는 헤어졌다. 헤어진 이유가 꼭 그 때문이라고 볼 순 없지만, 그 일이 아니었다면 연애가 조금 더 지속되었을지도 모른다.

나는 연애의 종착지에 대한 그녀의 생각이 놀라웠다. 그녀는 연애를 종착역을 향해 달려가는 기차라고 받아들였나 보다. 내가 생각하는 연애는 어딘가로 달려가는 여정이 아니라 그저 그곳에 머무는 것인데. 결혼을 위한 과정이 아니라 단지 우리가 지금 같이 밥을 먹고 이야기를 나누고 맥주를 마시고 야경을 보고 하는 그 자체로 충분한 의미라고 생각했는데. 그녀에겐 그것으로 충분하지 않았던 것 같다. 그때 그녀는 지금의 나보다 한 살 더 많았다.

결혼한 형들을 만나면 "죽음과 결혼은 무조건 미룰수록 좋다잖아, 인마."라고 말하는 형들이 절반이고 "결혼해서 사니까 상상도 못 했던 다른 재미가 있어. 얼른 결혼해."라고 말하는 형들이 또 절반이다. 글쎄, 나도 정말로 남들처럼 결혼하고 가정을 꾸리고 아이를 낳아 기를 수 있을까. 언젠가 간절해질까. 스물여덟 철부지에겐 아직 어려운 문제다. 그렇지만 결혼할 때 하더라도 '남들 하니까, 그래야 할 시기이니까'라며 해야 할 이유를 발견하지 못한 상태에서 떠밀리듯 하지는 않았으면 좋겠다.

그곳이 사라진 그곳에는

오랜만에 학교 앞에서 술을 마셨다. 골목골목 사라지고 새로 생긴 간판들을 구경하며 천천히 걸었다. 거리를 걷다가 도착한 곳은 시장통의 꽤 오래 버려져 있던 공지. 그곳엔 원래 누구는 좌판이라 부르고 누구는 우스갯소리로 뷔페라고 부르던 떡볶이 포장마차들이 있었다. 저마다 떡볶이, 김치전, 순대와 곱창 볶음 따위가 지글대며 구수한 냄새를 뿜어내던 곳. 그곳에서 우리는 때론 스무 명 남짓, 때론 두세 명씩 앉아 학과 구호를 외치기도 하고 술주정을 부리기도 했다. 때론 하릴없이 낄낄댔고, 때론 울었으며, 때론 주먹질도 했다.

열여덟 가을, 대학에 합격하고 인터넷으로 미리 알게 된 선배의 호출에 달려가 오랫동안 꿈꾸던 대학생의 술자리를 처음 경험했던 곳도 그곳이었고, 새내기 시절 좋아하던 여자애의 붉은 뺨에 가슴이 터질 것 같던 곳도 그곳이었다. 고작 대학교 2학년, 게다가 학교를 한 해 일찍 들어간 탓에 스무 살이었던 주제에 1년 후배들에게 있는 폼 없는 폼 다 잡으면서 어른 행세했던 곳도 그곳이었다. 아직 이십 대의 절반도 채 보내지 않은 선배들이 어른인 척하던 말들을 경외심 가득한 눈빛으로 듣던 곳도 그곳이었다. 나의 대학 생활을 채운 건 강의실에서 보낸 시간이 아니라 그곳에서 취한 시간이었다. 지금 쓰고 있는 시와 노랫말도 그곳에서 나눴던 이야기였거나 그렇게 취해서 이야기하던 습관의 연장이리라.

언젠가부터 떡볶이 아줌마들이 보이지 않았고 그곳은 지난날의 잔해들만 쌓여있는 공지가 되었다. 다시 찾은 그곳에서는 마룬 파이브의 음악이 흘러나오고 있었다. 여전히 허름한 그 공간을 채운 것은 검은 철제 테이블들, 분홍빛 파란빛 조명들, 그리고 바로 몇 해 전의 우리와 닮은 대학생들이었다. 벽에는 빔프로젝터에서 쏘아져 나온 빅토리아 시크릿 쇼가 상영되고 있었고 메뉴판에는 칵테일과 병맥주, 양주들 이름이 적혀 있었다. 그곳은 라운지 바가 되었다.

지금 회상하고 있는 과거도 고작 6, 7년 전 일들이라 그때 우리의 생활이 지금의 스무 살과 크게 다를 것이야 없겠지. 그 시절을 아름답고 낭만적으로 기억하는 것도 불완전한 기억 덕분이겠지만 왠지 서글퍼지는 마음은 어찌할 수가 없었다. 이제는 그때 우리가 부대끼던 그 공간이 아니라서, 이제는 그 공간을 찾을 방법이 없다는 사실이 너무나 명확하게 다가왔기 때문이리라.

우리나라에는 낡은 건물이 없다. 낡은 걸 그대로 쥐고 있으면 미련한가. 어쨌거나 경제 논리는 추억보다 유행의 가치에 더 비싼 값을 치러 준다. 낡은 추억은 너무 쉽게 과거의 낭만이 되어 기억 너머로 사라지고, 그 자리를 대체한 새로운 것들도 유행이 지나면 또다시 과거가 된다. 당시에는 인스턴트라고 지탄받던 그 싸이월드도 이제는 향수 어린 목소리로 낭만을 이야기하는 대상이 되지 않았나.

우리는 일정한 주기로 위화감을 느끼지만 적응하는 속도도 점점 빨라진다. 나의 바람은 무엇도 변하지 않는 게 아니라, 변화로 인해 생겨나는 이 서글픔에 무뎌지지 않은 것이다. 지나간 것들 하나하나 다 꽁꽁 예쁘게 싸매 추억할 수 있으면 좋겠다.

왕십리 골목에 자주 가던 술집이 또 하나 문을 닫았구나
스무 살 우리가 떠들던 그 거리를 낯선 간판들이 채우는구나
설렘이 가득한 이른 봄의 왕십리 술에 취한 대학 새내기들
풋풋한 그들 사이 어른이 된 내 모습 어쩐지 서글퍼지는구나

우리의 젊음이 부럽다던 선배들 그들도 그땐 스물 한 두 살
어느덧 하나 둘 시집 장가 간다고 청첩장을 보내오는구나

지금 되돌아보면 별것도 아닌 일들 그땐 왜 그리 심각했는지
숱하게 마주치던 만남과 이별 앞에 일일이 눈물을 흘렸네

똑같은 야구잠바 입은 저네들도 그때의 우리가 그랬듯이
아무런 겁 없이 사랑을 하겠지 이별에 눈물 흘리겠지

졸업한 선배들 말끔한 양복 입고 가끔 술 사주러 올때면
왜 그리 외로운 한숨을 쉬었는지 이제야 나도 알겠구나
내가 그들 나이가 됐구나
저들도 나처럼

〈왕십리〉

산 사람을 위한 제사상

며칠 전 친구 J와 맥주를 먹다가, 우리 집에서 곧 제사를 지낼 건데 제사 음식이 정말 맛있다는 얘기를 했다. 기독교 집안이라 제사를 지내본 적이 없는 J는 맛있겠다며 나에게 제사 음식을 싸 와 파티를 하자고 했다. "우리 엄마 제사인데?"라는 내 말에 그는 무안하고 미안해 어쩔 줄 몰라 했지만, 나는 그 모습에 오히려 껄껄 웃었다.

9주기. 내년이면 벌써 10년이 된다. 그동안 많은 것이 달라졌다. 고등학생이었던 내가 '장가갈 나이' 소리를 듣는가 하면 중학생이었던 여동생도 인턴사원이 되어 어엿하게 사회생활을 한다. 청년 같던 아버지는 이제 지하철에서 젊은이의 자리 양보를 받는다. 가장 달라진 점이 있다면 내가 "우리 제사 음식이 맛있다"라면서 껄껄 웃게 되었다는 것이다. 9년 전에는 상상도 할 수 없었던 일이다.

우리 집 제사 음식은 기가 막히게 맛있다. 할머니에게 "할머니, 20년만 젊었으면 나 음악 안 하고 안동 내려가서 할머니랑 헛제삿밥집 하면서 먹고살 텐데!"라고 말했을 정도다. 할머니 다음 실력자였던 우리 어머니가 떠나고, 사촌 누이들이 시집을 가고, 작은어머니들도 슬슬 나이가 들어 부침개 정도는 사온 것으로 대체한다. 그래도 여전히 직접 만든 우리 집 음식이 최고다.

초저녁 공연 때문에 9시가 돼서야 아버지와 할머니가 있는 집에 갔다. 독립한 지 얼마 안 되어서 아직은 자취방보다 가족들이 사는 집이 더 익숙하고 친근하다. 작은아버지 내외와 고모까지 오셔서 막 시작된 내 자취 생활을 물으셨다. 나는 완전 자취 체질인 것 같다며 너스레를 떨었고, 어른들은 "우리 민구 이제 장가만 가면 되겠다"며 웃으셨다. 옛날과는 사뭇 다른 분위기다.

1주기 때, 나는 엄마 제사가 다가오기 몇 주 전부터 울적했다. 제사 당일엔 나도 울고 아버지도 울고 동생도 울었다. 서로에게 눈물을 보이기 싫고 얼굴을 보기도 괴로워서 모두 숨죽여 울었다. 그런데 지금은 이렇게 웃으며 소식뿐만 아니라 추억까지 이야기하다니!

자취방으로 돌아오는 버스에서 이런 마음을 SNS에 올렸더니 가까운 누님 한 분이 이런 댓글을 달아 주었다. 가족과의 화목했던 오늘 하루가 바로 어머니의 선물일 거라는. 생각해 보니 손에 가득 들려

있던 제사 음식은 엄마가 생전 가장 공을 많이 들인 음식이다.

집에 돌아와서는 밴드 연습을 했다. J도 왔고 드럼 치는 K도 왔다. 셋이 조촐하게 막걸리 한잔을 기울였다. 부침개와 제사 닭을 전자레인지에 돌렸다. 탕국도 한 냄비 데웠고. 너 때문에 진짜로 엄마 제삿날 파티를 한다고 공연히 J를 타박하며 하루를 마무리했다. 침대에 누워 불현듯 아직은 내가 완전히 괜찮아지지는 않았다는 사실을 실감했다. '종일 아무렇지도 않았는데' 속으로 외치는데 눈물이 쪼르륵 볼때기를 타고 내려갔다.

제사 음식은 며칠 더 먹었다. 두부전과 탕국이 조금 맛이 간 듯 했지만 꾸역꾸역 다 먹었다. 온종일 속이 좋지 않아 고생을 했지만 엄마가 차려준 아침상 같아서 좋았다. 제사 음식은 산 사람이 먹는다. 떠난 이의 선물이다.

차마 안아줄 수조차 없었다 詩

외숙모의 발인 날. 식사를 마치고 외숙모의 화장 순서를 기다리며 담배를 태우시던 외삼촌의 모습과 그 주변을 맴돌던 두 사촌 동생의 불안한 얼굴이 낯익었다. 몇 해 전 어머니를 보내던 날 아버지와 나와 내 동생의 모습도 그처럼 안쓰러웠을까.

불길 속으로 관이 들어가던 그때 외삼촌과 사촌 여동생은 서로 끌어안고 오열했다. 한 걸음 떨어져 제 어머니의 영정 사진을 두 손으로 받쳐 든 사촌 남동생은 조용히 어깨를 떨었다. 어려도 장남은 장남이다. 우리는 울음 참는 법만 배웠지, 마음껏 울어도 좋을 순간에 울음을 쏟아내는 방법은 배우지를 못해서 그저 입을 앙다물고 어머니와의 이별을 버텨내야만 했다.

몇 해 전 어렸던 내 어깨도 그처럼 애처롭게 떨고 있었을 것을 생각하니 그때의 내가 가엾어 눈물이 났다. 외숙모와의 이별보다, 남겨진 가족들에 대한 연민보다 그 지난날에 대한 회상이 더욱 슬펐다.

비통한 아버지와 아들과 딸의 모습도, 아직은 떠나기 이른 나이의 영정 속 여인도, 그리고 고인의 집에 걸려있던 그녀가 그나마 덜 아팠을 때 급하게 찍은 영정 사진도, 모두가 너무나 낯익어서 차마 안아줄 수조차 없었다.

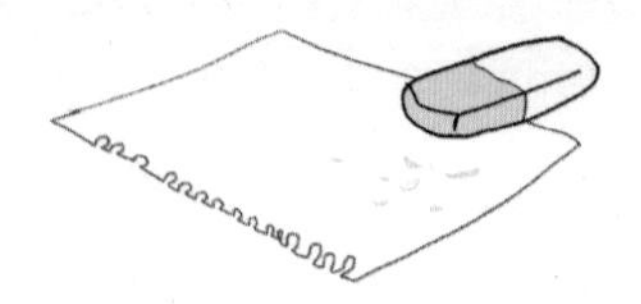

내겐 과분했던 사람들

사람이 갑자기 많은 것을 갖게 되면 주체하지 못하는 경우가 많다. 로또에 당첨되면 돈을 어떻게 쓸 것인가를 한 번쯤 생각해보지만, 당첨자 중 3분의 1이나 파산한다지 않던가. 남미 출신 축구 선수들이 유럽 선수들 보다 전성기가 짧은 이유도 갑자기 얻은 부와 명예를 감당하지 못해 쉽사리 유혹에 빠지기 때문이라는 얘기도 있다. 갑자기 인기를 얻은 예술가는 나태해지기 쉽고, 갑자기 얻은 권력은 부패하기 쉽다.

내 경우에는 친구가 그랬다. 나는 늘 친구도 없이 컴퓨터 게임을 붙잡고 살던 녀석이었는데 고등학교에 올라가서 친구가 많이 생겼다. 대학에 들어가서는 남들 앞에 나서기 좋아하는 성격 덕분에 친구가 폭발적으로 늘었다. 게다가 학교에서 유명인이 되어 과 학생회장과 단과대 부학생회장의 자리까지 맡게 되었다.

휴대폰에 저장한 친구 숫자가 늘어난 만큼 내 마음의 크기도 커졌을까. 그렇지를 못했다. 나는 내게 다가와 준 사람들에게 일일이 관심을 가질 만큼의 그릇을 갖지 못했다. 그들이 내게 친절한 만큼 그러지 못했고, 그들이 나를 위로하거나 축하해줬던 사실들을 잘 기억하지 못했다. 사람들이 다 내 곁에 계속 있어주는 건 무리. 그렇게 흩어져 간 사람들의 자리는 이내 새로운 관계들로 채워질 거라 믿었다. 갑자기 친구들이 많이 생겨서 그들이 어떻게 멀어지는지, 멀어진 후에는 어떤 일이 일어나는지 알지 못했다.

지금 휴대폰을 열어 메신저를 보면 낯익은 이름들인데도 낯선 얼굴들이 많다. 주인이 바뀐 것이다. 연락처가 바뀌지 않았더라도 새삼스러워 안부를 물을 수 없는 사람들도 많다. 새로운 관계들이 그 자리를 채워준다 하더라도 오래전의 인연이 그리운 순간이 있다. 눈 딱 감고 통화 버튼을 눌러볼까 하다가도, 용기 없는 내 모습을 "뭘 굳이"라는 핑계로 포장하며 포기하곤 한다. 한때는 소중했으나 어느 순간 멀어지고만 누군가 흩어지고 있다. 지금도.

며칠 전 내 생일에 많은 사람이 메신저와 SNS를 통해 축하의 말을 건넸다. 내 곁에 그렇게 많은 사람이 있다는 사실이 감격스러웠지만, 한편으로는 '내년 생일에는 그들 중 몇이나 내 곁에 남아주려

나.'하는 생각이 들었다. 내! 마음에 뭘 그렇게 채우느라 마음속 작은 공간을 내 주는 데 그리 인색하게 굴었을까. 소중한 이들 하나하나 담을 만한 자리를 이제라도 마련해야겠다.

아직 들려주지 못한 노래들

말과 글이 어설퍼서 소리를 더했다.

미숙한 언어만으로는 표현해내지 못한 마음을

당신에게 전해주고 싶어서.

종이가 노래를 할 줄 모르는 게 아쉽지만,

우리는 언젠가 만날 테니까, 이렇게나마.

거지 폴카

우리는 외롭고 불쌍한 사람들
언제나 괴롭고 배고픈 사람들
애초에 채우지도 못할 배를 갖고 태어난
미련한 사람들
거지새끼들

욕망이 커져가는 속도를 도저히 따라잡을 수가 없으니
우리는 언제나 굶주려 있다네, 더러운 거지새끼들

거지들이여 춤을 춰라
거지들이여 노랠 부르자
저기 저 테헤란로에 불을 지르자
워– 소릴 지르자

– 강백수 · 《노래, 강을 건너다》

“세상은 처음부터 가진 사람들의 세상과 그렇지 못한 사람들의 세상으로 나뉘어 있다. 차라리 못 가진 자가 가진 자들의 세상을 볼 수 없다면 좋을 텐데, 대중매체는 자꾸만 가진 자들의 세상을 비추고, 우리는 가질 수 없는 것들을 욕망하게 된다. 아니, 가질 수 있을지도 모른다. 세상을 전복시킨다면!”

가르시아

오늘 하루도 난 헛스윙 주머니 속엔 천 원짜리 세 장
2할 5푼의 내 인생에 야유를 퍼붓는 사람들

쉽게 살 수도 있었지 하지만 그건 왠진 멋이 없잖아
비록 짧은 나의 젊은 날이지만 언젠간 홈런 한 방 쯤은

풀 스윙, 나는 풀 스윙, 비록 지금은 나를 보며 욕을 해도
풀 스윙, 언젠가는 보여줄게 거짓말 같은 역전 드라마

– 백수와 조씨 ·
《난 슬플 땐 기타를 쳐, 음악과 당신만이 날 위로할 수 있거든》

"가르시아는 내가 가장 좋아하던 야구선수. 그는 장단점이 분명한 선수였다. 그는 방망이를 짧게 쥐고 높은 확률로 안타를 만들어내던 교타자가 아니다. 어떤 상황에서도 그의 캐릭터에 어울리게 방망이를 크게 붕붕 휘두르는, 정교하지 못해서 삼진을 자주 당하고 타율도 낮지만 공이 방망이에 맞기만 하면 펜스를 넘어가는 거포다. 삼진을 당하고 욕을 먹을지라도 주야장천 풀 스윙을 해 대는 사람들이 있다. 야구의 꽃은 뭐니 뭐니 해도 홈런 아닌가."

가사분담

21세기 사회 맞벌이는 필수
돈 벌고 오면 피곤하긴 피차일반
그러나 우리네 현실을 보라
대한민국 가정은 변해야 한다

세탁기가 돌린다고 빨래가 쉬워보이냐
널고 말리고 개키고 얼마나 빡신지 아냐
밥통에 버튼만 누르면 밥상이 차려질 쏘냐
오늘은 뭐 해 먹일까 머리가 터질 것 같다

가사분담 가사분담
가사분담 가사분담
많이 벌건 적게 벌건 가사분담
신혼다짐 변하지 말고 가사분담

남편들이여, 고무장갑을 끼자
자녀들의 모범이 되자
따뜻한 가정 건강한 나라
우리 손으로 일구어보세

– 백수와 조씨 · 《난 슬플 땐 기타를 쳐, 음악과 당신만이 날 위로할 수 있거든》

“부모님으로부터의 독립은 두 단계를 거치며 이루어졌다. 처음에는 아버지께 돈을 받지 않게 되면서. 직접 돈을 벌어야 할 상황이 되면서 아버지를 이해하기 시작했다. 그 다음에는 집에서 나와 혼자 살게 되면서. 빨래를 안 하면 입을 옷이 없고, 요리를 안 하면 먹을 밥이 없다는 사실을 깨달으며 어머니를 이해하기 시작했다.”

왜 내게 키스를 했니

새벽 밤 하늘도 새하얀 달빛도 취해서 잠이 든 이 바닷가에
상상도 못했던 봄날의 환상으로 다가온 그 황홀경
번쩍 한 찰나에 내 눈이 멀어버린 벼락 같은 순간 속에
그 밤의 술처럼 아직도 취한 채로 비틀대고 있는 걸

가슴이 터질 듯 심장이 뛰었어 너를 다시 본 순간
수줍게 웃으며 나에게 다가오는 너를 상상했는데
다른 사람처럼 서먹한 표정으로 내 눈을 피하는 너
어젯밤 느꼈던 너의 그 진심은 나의 착각이었나

왜 내게 키스를 했니 정말 술 때문이었니
아무 감정도 없었니 설렌 난 어떻게 하니
자꾸만 생각나는데 따뜻한 너의 그 입술
왜 내게 키스를 했니 왜 내게 키스를 했니

어제와 너무나 다른 너를 보면서 다신 꿀 수 없는 꿈에 슬퍼졌어
술을 많이 마시면 널 볼 수 있을까 어제의 너를 한번 더

– 백수와 조씨 ·
《난 슬플 땐 기타를 쳐, 음악과 당신만이 날 위로할 수 있거든》

“대학교 시절 꼭 그런 남자애들이 있었다. 신입생이 들어오면 여자 새내기들을 한 번 사귀어 보려고 기를 쓰고, 엠티 같은 데 가면 어디서 기타는 주워 와서 갖은 폼을 잡고, 밤이 되면 여자애랑 둘이 사라졌다 나타나고. 내가 그랬다. 아주 전형적으로.”

CKP

그런 눈으로 바라 볼 필요 없어 너 보러 온 거 아냐
한 시간을 달려 왔지만 아냐, 너 보러 온 거 아냐
샤워를 하고 속옷을 입다가 문득 생각 났어
너의 집에 벗어 두고 온 비싼 팬티 한 장

캘빈 클라인 팬티 캘빈 클라인 팬티
너와의 처음을 위해 샀던 비싼 팬티
이제는 널 만날 핑계가 되어

캘빈 클라인 팬티 캘빈 클라인 팬티
바보같은 나 끝내 건넬 수 없었던
밤새워 눌러 쓴 편지 한 장

캘빈 클라인 팬티 캘빈 클라인 팬티
집어 들고서 집에 돌아오는 길에
야속한 눈물만 멍하니 흘러

캘빈클라인 팬티 캘빈 클라인 팬티
바보같은 나 여전히 아름다운 너
화 내는 얼굴도 예쁘더라

–백수와 조씨 · 《두 파산》

“오랫동안 곱씹었던 소중한 말이 입 밖으로 튀어 나갔을 때, 생각했던 것과 전혀 다른 못난 말이 되어 버리는 일은 어째서 일어나는 것일까. 보고 싶었다고 말해야 할 타이밍에 두고 간 물건 이야기를 해 버리고, 미안하다고 말해야 할 타이밍에 가시 돋친 말을 뱉어버리고”

보고 싶었어

우리가 서 있는 지금 이 곳이
세상 어디에도 없는 곳이라는 걸
우리가 만나는 지금 이 순간이
세상 어디에도 없는 시간이라는 걸
나 알지만

보고 싶었어 보고 싶었어
이렇게라도 만나길 기다렸어
잠시 후면 별들이 쏟아지고 강물이 솟구치고
꿈에서 깨어날거야
내일 밤에도 우리 여기서 만나
못다한 얘길 나눴으면 좋겠어

–백수와 조씨 · 《두 파산》

“그리웠던 얼굴과 재회하는 꿈만큼 좋은 꿈이 있을까. 좋은 꿈을 꾸다 깨서 울음을 터뜨리는 까닭은, 눈을 떠 천장을 보는 순간, 꿈과 다른 현실이 더욱 잔인하게 다가오기 때문에. 꾸던 꿈을 이어서 마저 꾸려는 시도는 수도 없이 해 봤지만 한 번도 성공한 적이 없다.”

삼청동

오랜만에 너와 자주 걷던 이 길을 걸었어
두번 다신 못 올 것만 같던 길을
나의 곁에 너 아닌 다른 사람이 있어
그때처럼 행복하게 웃네

처음으로 너와 키스했던 그 벤치에 앉아
눈을 감고 너를 그려보네
그녀에겐 조금은 미안한 일이겠지만
오늘만은 너를 추억하네

나 이렇게 너 없이도 잘 지내고 있지만
다른 사람 손을 잡고 있지만
가끔씩은 니가 보고 싶네
지갑속에 고이 간직하던 너의 사진은
서랍속에 잠들어 있지만
오늘만은 너를 추억하네 행복한 그때를

–백수와 조씨 · 〈single 오프 더 레코드〉

"감정의 크기와 무관하게, 지금은 사랑하던 사람과 헤어져도 옛날만큼 울지 않게 되었다. 그때는 다시는 그런 연애를 할 수 없을 것 같아 두려웠지만, 지금은 오늘 헤어진 이 사람과의 연애 역시 다시는 하지 못할 줄 알았던 연애였다는 걸 아니까."

주정가

그래요 나 취했어요 소맥은 조금 무리였나봐요
흔들리는 장면 속에 발그레한 그대 너무 예쁜걸요
귀엽게 생긴 건 알았지만 관심도 좀 있었지만
이 정도일 줄은 몰랐어요 정말 미칠 것 같아요
실수하고 있단 건 알지만 너무 갑작스럽지만
눈 딱 감고 말할게요 우리 연애할래요

내가 봐도 미친 것 같지만 내뱉은 말에
책임은 질 줄 아는 남자예요
내일 아침에 뭐해요 일어나거든 전화해요
우리 같이 해장하러 가요

– 강백수 · 《서툰 말》

“사랑은 본능과 책임감의 결합이라고 생각한다. 심미적 · 신체적 · 정서적 본능으로 시작된 연애는 책임감으로 유지되다가, 또 다른 대상에 대한 본능이 꿈틀대거나 책임감이 소진되면서 끝을 마주하게 된다. 술을 마시면 본능이 증폭되고 그렇게 충동적으로 연애를 시작하기도 했다. 때로는 이를 유지할 책임감이 부족하다는 걸 깨닫고 미안한 말을 건네기도 했다. 어째 어른이 될수록 철딱서니는 더 없어지는 것 같다.”

아이해브어드림

내가 만약 십만 원이 생긴다면 십만 원어치 술 사먹을 거야
내가 만약 백만 원이 생긴다면 백만 원어치 술 사먹을 거야
내가 만약 천만 원이 생긴다면 천만 원어치 술 사먹을 거야
내가 만약 일억 원이 생긴다면 일억 원어치 술 사먹을 거야

내가 만약 십억 원이 생긴다면 십억 원어치 술 사먹을 거야
내가 만약 백억 원이 생긴다면 백억 원어치 술 사먹을 거야
내가 만약 천억 원이 생긴다면 천억 원어치 술 사먹을 거야
내가 만약 일조 원이 생긴다면 일조 원어치 술 사먹을 거야

내가 만약 김태희랑 사귄다면 김태희 델꼬 술 사먹을 거야
내가 만약 송혜교랑 사귄다면 송혜교 델꼬 술 사먹을 거야
내가 만약 김연아랑 사귄다면 김연아 델꼬 술 사먹을 거야
내가 만약 박근혜랑 사귄다면 박근혜 델꼬 술 사먹을 거야

–강백수 · 《서툰 말》

“돈도 가져 본 사람이 쓸 줄 안다. 매주 2천 원어치씩 로또를 사면서도 나는 당첨금 몇십 억의 가치가 얼마큼인지 전혀 알지 못한다. 일단 그냥 평소 못 먹던 양주나 몇 병 사 먹겠지. 몇십 억도 까마득한데 몇백억, 몇천억, 몇조가 얼마만큼의 돈인지 어떻게 알겠는가. 천 원과 만 원이 열 배 차이라는 건 경험적으로 알지만, 천억 원과 일조 원은 이론적으로만 열 배 차이라는 걸 알 뿐, 실상 피부에 와 닿는 느낌은 똑같이 낯설다.”

하염없이

아직도 난 떠나지 못해
이 자리에 머물러 있어
네가 자주 걷던 이 길에서
하염없이 너를 기다려

오지 않을 거란 걸, 널 볼 수 없다는 걸
이미 알고있지만, 이 길을 떠나지 못해

혹시 너 날 잊지 못한 채 엇갈린 길 위에서
나처럼 애타게 내 모습 기다리고 있지 않나
혹시 나 발걸음 돌리면 그제야 너 올까봐
난 떠나지 못한 채 이 길을 하염없이 서성이네

–강백수 · 《노래, 강을 건너다》

"스물한 살이었다. 연애가 서툴렀고, 그래서 기다리는 일이 많았다. 기다림이 길어지면 불안해지고, 불안을 확신하여도 발걸음을 돌리기는 쉽지 않았다. 이제는 그런 기다림이 영리하지 못한 일이라는 걸 알지만, 한편으로는 연애는 영리하게 하는 것이 아닌지도 모른다는 생각이 들었다. 연애는 항상 어렵다."

Alicia

밝게 빛나는 너의 미소
고운 너의 검은 눈동자

네가 보고픈 늦은 새벽에 낡은 기타를 꺼내어
눈을 감고서 너를 그리며 이 노래를 만들었어

please take my hand
please take my heart

–강백수 · 《노래, 강을 건너다》

“7년이 지나고 길에서 우연히 그녈 만났다. 일요일 아침 어느 거리에서, 멀리서 걸어오는 사람이 그녀라는 걸 한눈에 알 수 있었다. 나는 밤새 술을 마시고 귀가하는 길이었고, 너무나도 볼품없는 행색이었고, 그녀의 옆에는 키가 큰 남자가 한 명 서 있어서 바로 옆에 있던 편의점으로 도망치고 말았다.”

Cypher's Choice

삶은 언제나 잔인하죠
만일 나에게 누군가
현실에서의 삶과 완벽한 꿈에서의 삶 중 하나를 택하라면
나는 아무런 망설임 없이 꿈에서 살겠다고 할거에요

나를 가상의 삶으로 보내줘요
현실을 모두다 잊게 해 주세요
삶은 언제나 잔인하거든요
삶은 언제나 잔인하거든요

–강백수 · 《노래, 강을 건너다》 (한글로 번역, 원곡은 영문)

“〈매트릭스〉는 내가 가장 좋아하는 영화 중 하나이다. 나는 극 중 악역으로 나오는 ‘싸이퍼’라는 인물에 대한 애착이 있다. 인류를 지배하는 기계에 저항하던 그는 기계들의 화신인 스미스 요원에게 제안을 받는다. 이 거지 같은 현실을 잊고 부와 명예를 모두 가진 달콤한 꿈속에서 살지 않겠느냐고. 그는 스미스와 손을 잡지만 결국 인류에 의해 제거당하고 만다. 현실이 잔인할수록 꿈은 달콤하다. 그가 가엾다.”

요단강

이보시오 주인장
장내의 술을 모두 다 내오시오
내 오늘 취하리니
동지여 나를 따르라

푸르게 빛나는 소주병을 보라
우리 푸르른 청춘이다
투명하게 빛나는 소주잔을 보라
우리 투명한 마음이다

오바이트를 두려워하지 마라
토하면 속이 편해진다
내일 숙취는 내일 걱정하라
동지여 술잔을 채워라

–백수와 조씨 · 《Cafe Unplugged Compilation Album》

“이십 대 초반은 연애와 술의 역사였다. 그때는 다가오는 막차 시간과 함께 마시던 이들의 귀가가 어찌나 아쉬웠는지. 해가 뜨고 출근 인파에 섞여 귀가하다 보면 지난밤 내가 도대체 무엇에 홀려 그렇게 술을 퍼부었나! 스스로 한심해하기도 했지만, 그렇게 끝이 아쉬울 정도로 신명 나는 술자리가 줄어든 지금은 가끔 그 시절이 그립다.”

내부순환로

오늘도 꽉 막힌 이 길은 내부순환로
그대는 이 길 만큼이나 꽉 막힌 사람
그댄 내 말보다 목사님 말씀이 중요한가봐요
언제까지 이렇게 키스만 해야 하나요

설레는 맘으로 달리던 내부순환로
그대의 자취방에 처음으로 초대 받은 날
오늘을 위해서 새로 산 팬티 입고 왔는데
벌써 나 이렇게 되돌려 보낼 건가요

오늘도 꽉 막힌 이 길은 내부순환로
그대는 이 길만큼이나 꽉 막힌 사람
DVD끝나면 가라고 할까봐 잠든 척 했는데
굳이 날 깨워서 되돌려 보내는 그대

도무지 끝이 안보이는 내부순환로
나이도 먹을만치 먹은 그대와 나인데
그대를 향해서 활화산처럼 끓어오르는
욕정을 참기엔 너무나 건강한걸요

허탈한 맘으로 달리는 내부순환로
난 대체 뭘 기대한 걸까 내부순환로
신내동에서 정릉을 지나 홍제동까지
꽉 막힌 이 길에 차가운 비가 내리네

현관문을 열고 아쉬운 발걸음을 내딛는 동안
그래도 혹시나 그래도 혹시나 했는데

강백수 · 《서툰 말》

"아직 저녁 7시인데 벌써 가라니. 나는 칫솔도 가져왔고 내일 입을 티셔츠도 가져왔는데. 토요일 저녁 7시 내부순환로는 막혀도 더럽게 막혔다. 비는 내리고 소변은 마렵고 차는 안 가고 소변 볼 데는 없고. 무엇보다 마음이 허탈해서 짜증이 났다. 터널 옆에 차를 대고 비를 맞으며 볼 일을 해결했다. 짜증이 밀려왔다. 집에 와서 옷을 갈아입고 휴대폰을 침대 한구석에 처박았다. 그녀는 다음 날까지 연락이 되지 않는 나를 걱정했다. 착한 여자였다."

Twenty Almighty

지친 몸을 이끌고 집으로 향하는 길
널 처음 만났던 그 날이 떠올라
넓기만 한 세상에 작기만 한 나이기에
방황하던 나의 열여섯 살 겨울날
설렘을 잃어버린 힘겨웠던 나날들
그래서 더욱 작아 보인 나의 모습들
하지만 너를 처음 품에 안던 순간에
알 수 없는 설렘에 심장이 뛰었네

빛나는 너를 안고 잠이 들던 날이면
항상 숨막히게 아름다운 꿈을 꿨어
마치 내가 세상의 주인이라도 된 듯
찬란히 빛나는 너와 나의 모습에
처음으로 갖게 됐어 열정이라는 걸
처음으로 듣게 됐어 나의 심장소리를
처음으로 알게 됐어 살아있다는 느낌을
처음으로 보게 됐어 새로운 세상을

지친 맘을 추스르고 집으로 향하는 길
널 처음 만났던 그 날이 떠올라
스물 두 살 현실은 두렵기만 하지만
그래도 한 번 쯤은 너와 날아보고싶어
모두들 얘기하지 꿈은 꿈일 뿐이라고

이제는 현실을 똑바로 보라고
산다는 게 그리 호락호락하지 않다고
후회할 거라고
그만 두라고

하지만 나는 왠지 그럴 수가 없어서
꿈을 그저 꿈인 채로 버려두긴 아쉬워
널 놓지 못한 채로 여태까지 살아왔어
이제는 꿈 속의 너를 만나러 갈거야
단 한 번만이라도 빛나보고 싶어
단 한 번만이라도 날아보고 싶어
단 한 번만이라도 너를 품에안고
단 한 번만이라도 날아보고 싶어

힘겨운 현실을 갈라, 어두운 어제를 박차
내 꿈의 조각을 안고 떠나가네
가끔은 두렵기도 해, 하지만 후회는 없어
설레는 가슴을 안고 날아가네
매일 밤 꿈 꿔 온 내 작은 세상의 주인이 될거야
이제 막 발사된 로켓처럼 나의 우주를 날거야

– Naked Apes · 《Naked 21.2》

서툰 말

초판 1쇄 발행 2014년 3월 7일

지은이 | 강백수
펴낸이 | 이미경
펴낸곳 | 도서출판 슬로비
디자인 | Design Group ALL
그림 | 박윤지(www.parkyoonji.com)
관리 | 김홍희

등록 | 2013년 5월 22일(제2013-000148호)
주소 | 서울시 강남구 도곡로 43길 21, 103-803(우: 135-927)
전화 | 대표 02-762-0598 편집 070-4413-3037 팩스 02-765-9132
전자우편 | slobbiebook@naver.com
www.slobbiebook.com

ISBN 979-11-951039-1-1 03810

이 도서의 국립중앙도서관 출판시도서목록(CIP)은 서지정보유통지원시스템 홈페이지(http://seoji.nl.go.kr)와 국가자료공동목록시스템(http://www.nl.go.kr/kolisnet)에서 이용하실 수 있습니다. (CIP제어번호: CIP2014006450)

• 슬로비는 가교출판의 임프린트입니다.